MELLOW RAIN

[futtara doshaburi] Totalworks 一穂ミチ

MELLOWRAIN

[contents]

illustration
竹美家らら

アフターレイン

[mellowrain] Afterrain

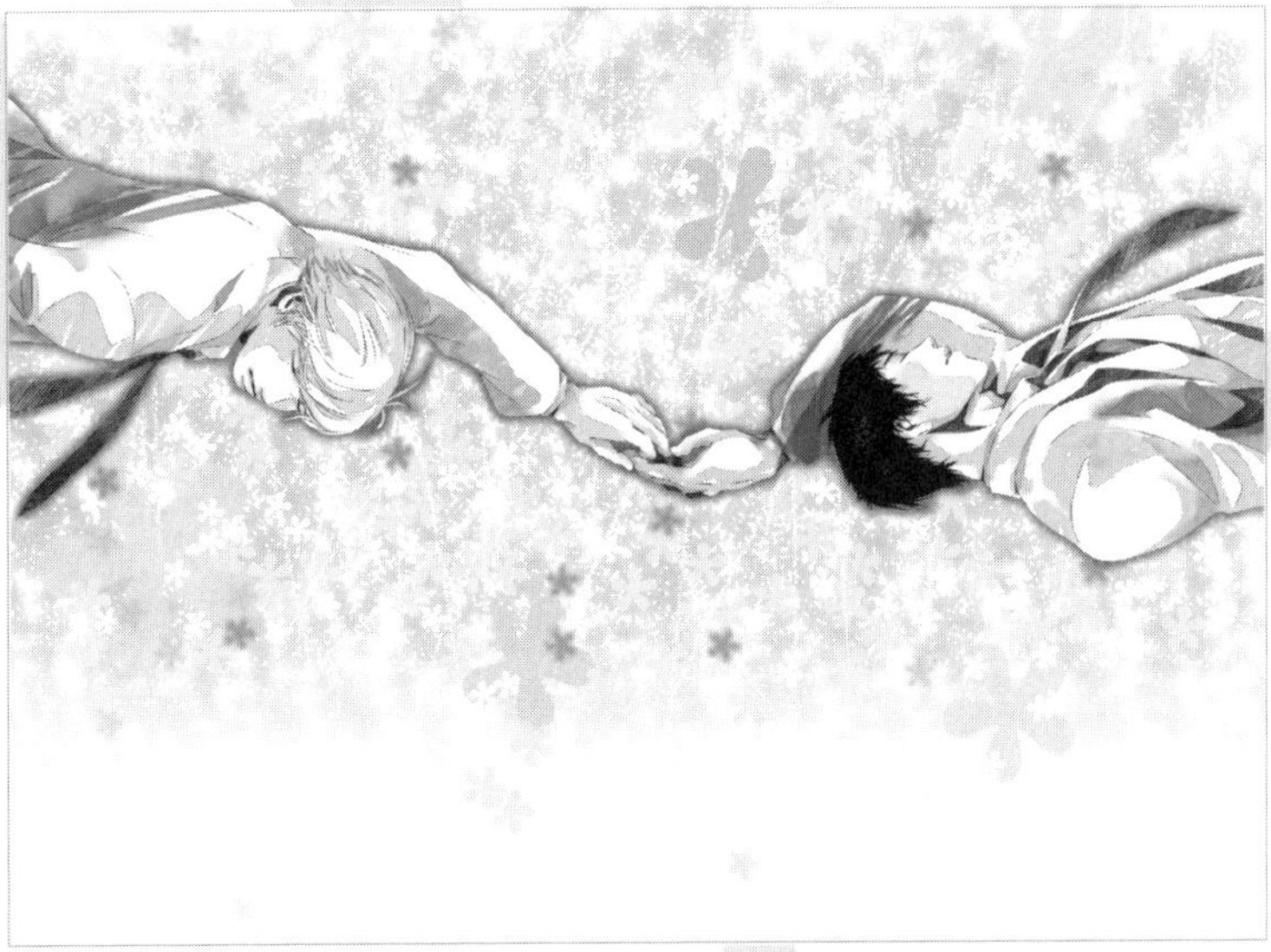

「ふったらどしゃぶり」旧版刊行の際に生まれて初めて
サイン会を開いていただきました。
その時にお土産としてつくった同人誌です。
いやー緊張しました。その節はありがとうございました。

by Michi Ichiho

人物バックを、上からお花が降り下りてくる壁紙のようにしたかったのです。
考えた末、気の済むまで*のフォントを大中小、手打ちしました。
……後悔はしていません。
思いがけずまた皆さんに見てもらえて、よかったねえ（絵に向かって）。

by Lala Takemiya

アフターレイン

そろそろ本気で夕飯の準備をしないと（外食にしろ内食にしろ）空腹で動けなくなりそうだった。家の食糧で食べでのあるものといえば一顕《かずあき》が持ってきたすいか丸ごとで、メインディッシュとしては遠慮したい。

「何食べたい？」と一顕が尋ねる。

「つーかこのへん、どんな店あります？　俺全然知らないから。別に電車乗って出かけてもいいけど」

「ちょっと待って、考える」

整《せい》は結構真剣に自分の胃袋と対話した。腹が減っているからこそ、妥協はしたくない。何も考えないまま外に出ると、とりあえず目についたもので「これでいいや」とか言ってしまいそうだ。人でも物でも、自分が本当に欲しているもの、をちゃんと見つけるのは案外難しい。

一分ぐらいで結論が出た。

「手巻きずし。手巻きずしが食べたい」

「……すし屋で？」

「家で。スーパーで好きなの買って、超巻きたい」

「超すか」と笑う。

「そう。ほんのりあったかいすし飯に、海鮮とか卵焼きをのっけてぶ厚い海苔《のり》で巻いてばりばり音立てながら食べたい」

わさびじょうゆと、ちょっとマヨネーズとかも使ってジャンクに、と言ってる端から胃がぎゅうっと縮《ちぢ》んで鳴り出しそうだった。「くそ」と一顕が若干《じゃっかん》悔しそうな顔になる。

「俺まですっかり口ん中が『手巻きずし待ち』になっちゃったじゃん。食いてー」

「俺のプレゼンも捨てたもんじゃないな」

でも作り方が分からないんだけど。

「とりあえず米炊《た》けばいいの？　水の量ってどうすんだっけ」

「いや、市販の酢飯《すめし》の素《もと》みたいなの使えば普通に炊いといてよかったような……」

お互いに心許《こころもと》ないのでネットで下調べをして、炊飯器をセットしてからスーパーに赴《おもむ》いた。

「半井《なからい》さん、酢飯冷ます桶《おけ》みたいの持ってんすか。でかい皿とか」

「ないよ。でもスーパーの二階に売ってると思う」

「また買うんすか」

「またって？」

「いや、たらいとか桶とか、そういうのを」

「ほんとだ。でも、限られた用途のものがちゃんとある家って、何かよくない？」

「どういう意味？」

「巻きずし巻く、すだれみたいなやつとか、クリスマスツリーとか、正月の飾りとか」

「季節の行事ものとは違うんじゃないすか。そういえばうちの実家には、柑橘類《かんきつるい》の皮剝《む》くためのピーラーありますけど」

「何それ」

「いよかんとかはっさくとか、そういう固い系に使うやつ。あれば確かに便利なんですよね。ハンズの便利グッズ売り場みたいなので母親が買ってきた」

「萩原《はぎわら》のお母さんってどんな人？」

「えー……どんな、って改めて訊かれると困るな。ふつー、ふつーの主婦。父親はふつーのサラリーマンで、兄貴もふつーのサラリーマン」

「ふーん」

「あ、今度うち来ます？　何もおもしろいものはないすけど」

「ピーラーぐらい？」

「そうそう」

うん、って即答していいものかな、整はすこし迷った。もちろん「同僚」という肩書きでお邪魔するに過ぎないのだろうけれど。逡巡《しゅんじゅん》を見透かして一顕は「軽い気持ちでいいんすよ」とつけ加える。

「……うん」

「その代わり、って言ったらなんですけど、今度、半井さんが墓参りとか行く機会があったら連れてってください」

「……うん、軽い気持ちで来て」

「それは駄目でしょ」

否定しながら一顕は軽く笑ってみせて、その横顔にちょっと見とれてしまった。外見だけじゃなくていい男だな、と軽く感動さえしながら。こんなこと、さらっと言えないよ普通。

スーパーの自動ドアが開くと、エアコンの冷気が流れてきて気持ちがいい。夜でも、十分少々歩くとじわっと汗をかいた。

「具、何がいい？」

と意向を伺うと、一顕は即答した。

「まぐろ」

「ほかには？」

「まぐろ。気持ち的にはそれ一択です」

「え、そんなにまぐろ好きだった？」

「うん」

「でも、前すし屋行った時、色んなの食べてたじゃん」

「子どもっぽくて恥ずかしいから。回ってるすしならまだ平気かな……。まあ、それでも最初と最後はまぐろ頼みましたよ。まぐろで始まってまぐろで締めるみたいな」

「子どもかな」

「子どもっつーか、何すかねえ、体裁悪《ていさい》いって感じ……焼肉屋でだって延々カルビばっかり注文しないじゃないすか。野菜も食っとくかとか、そういう。バランスよく食べなさいって言うでしょ、親」

「確かに。いろんなお友達つくりなさいとか」

「あー、あるある。気が合う合わないって、幼稚園ぐらいから感じてるのにあらわにすると叱られるんですよね」

「選択肢を培《つちか》う時期だと思ってるんだよ」

と整は答えた。

「合わないと思ってたけど意外に仲よくなれることだってあるし、幅を広げておくっていうかさ」

その中から、何かを選ぶ（イコール何かを選ばない）、という学習もしていくのだ。

「なるほど」

頷いてからちょっと笑って「半井さん、最初俺のこと嫌いだったでしょ」と訊く。

「お前こそ」

「合わないなとは思ってた」

「お互いにな」

ふしぎだ、という感慨を沈黙の中で共有した。

「……大人になってよかった」

かごを片手に野菜売り場の向こうの生鮮コーナーに向かう。たまには好きなものばっかり食べたって、誰にも怒られないいんだ。好きな人とばっかり一緒にいるとか。

「半井さんは何希望？」

「俺もまぐろ」

「あ、そうなんだ」

「ただし加工品のほうな。ツナマヨ」

「こ、子どもだ……」


プレーンなまぐろと、ねぎとろ、アボカドと和《あ》えたもの、卵黄とごま油でユッケ風……一顕の希望どおり、まぐろメインでそろえた。家に帰ると炊飯器はふくふく白い蒸気を立ち昇らせ、狭い台所じゅうに米の炊けるいいにおいがほこほこ満ちていた。

「やべー、めちゃめちゃ腹減ってきた！」

買ったばかりのすし桶で一顕がすし飯を仕込んでいる間、整は卵を焼いて豆腐の吸い物を作った——と言っても市販の顆粒《かりゅう》だしに塩としょうゆを少々加えただけだ。狭い台所でそれぞれの作業を進めながら、すこしも窮屈《きゅうくつ》じゃないのに気づく。肘《ひじ》が触れたり、横歩きですれ違ったりしても、何となく呼吸が合うというか、不協和音が立たない。一緒に暮らしたこともないのに、どうしてだろう。すこし驚いて、たくさんほっとした。こういうリズムって、セックスして気持ちいいのと同じくらい大切だと思うから。

ふたりきりで遅い食卓を囲む頃には空腹のピークが過ぎ去り、食べたいんだかそうでもないんだか分からなくなっていたが、温かなすし飯と具をくるんだ海苔に歯を立てるとたちまち胃液が湧いてきて、しばし無言で集中した。一顕もそうだった。

人心地がついてから、ようやく「ビール出そうか」と言った。

「うん」

缶を二本出してそのまま乾杯する。

「手巻きずしとか、超久々だけどうまいすね」

「でもすいかの存在を忘れんなよ」

「……ノルマは？」

「ふたりで四分の一、を今晩とあしたの三食」

で、完食。

「あ、それぐらいならいけそう」

当たり前みたいな会話に、思う。あしたの晩までは一緒にいられる。一顕も同じことを考えていてくれたらいい。一顕のビールには、一顕の指の跡がついている。うっすらアルミ缶を覆《おお》っている霜《しも》が、そこだけ溶けている。そこにも一顕がいる。嬉しい。

一顕が言う。

「手巻きずしって、基本ひとりだとしないですもんね。外食はひとりでもできるけど」

そんなに深く考えていたわけじゃないけど、でもそうなのかもしれない。結構たくさん一緒に飲み食いしてきたけど、家は初めてだった。きっと、これからたくさん積み重ねていくうちの「初めて」。


九月の半《なか》ば、会社のエレベーターに大きなポスターが貼られていた。筆文字で「社食市場!!」と縦一直線にふとぶと書いてある。それと重なるように、大きなまぐろのイラスト。

『社員の皆様の営業努力に感謝し、ささやかではありますが還元《かんげん》イベントを行います。』

その内容は、築地《つきじ》から買い上げたまぐろを社員食堂に持ち込み、板前を招いての解体ショー&まぐろ食べ放題——らしい。

何だこりゃ。告知の文面を読み切る前に、エレベーターが到着してしまった。

『あー、俺俺』

その晩、整と電話した時ふと思い出して尋ねてみるとあっさりそう答えた。

『ほら、前に話しただろ？　企画考えなきゃいけないって。萩原がまぐろ食べてるの見て、ふっと思い浮かんだんだよな。それで適当な企画書出したらあっさり通っちゃって。社長がすごい乗り気で「俺はわさびおろす！」って張り切ってた』

「はあ」

『俺も課長に褒《ほ》められたし。半井がこんな遊び心のあるアイデア出すとは思わなかったなって。どうしよう、出世しちゃったら』

それはおめでとうございます、ていうか。

「……やんの、昼休みじゃん」

『当たり前じゃん』

「俺、昼休み会社にいることなんてほとんどないんですけど！」

『昼だけこっそり戻ってくれれば』

「むり、てか来週金曜だっけ、たぶん日帰り出張入ってる」

『そっか、残念だな』

「あんまそうでもなさそうな口調すね」

『いやそんなことないけど、仕事ならしょうがないじゃん。せめて写真だけでも送ろうか？　とろのあたり、がっつりと。解体の動画いる？』

「食えもしないのにいらねー！　これって、俺が全社員にまぐろごちそうするようなもんじゃない？」

『一銭も払ってないだろ』

「だって俺発祥のアイデアじゃないすか。ありえない……」

『え、なに萩原、まじですねてんの？』

「さあ」

『さあって』

三分の一くらいは悔しい。残りは、この他愛《たわい》ない会話を長引かせたいのと、「じゃあふたりで食べに行こう」って言ってくれるのを待っている。


『今東京駅』

午後十時を回った頃、一顕から短いメールが入った。電話しようかと思ったが、ひとりじゃないかもしれないので整もメールで返す。

『ひとり？』

『解散してひとりになったとこ。半井さんは？』

返信に心置きなく電話をかけた。

「お疲れ、おかえり」

『うん。家？　だったら今から行っていい？』

「いや、会社」

『残業？』

「そうでもないんだけど、とにかく会社だから、萩原も来て。総務まで」

『何で？』

いいから、と強引に押し切って通話を終了させると、三十分足らずで釈然としない顔の一顕がやってくる。

「……また閉じ込められてんのかと思った」

「違うよ」

こっち、と衝立《ついたて》で仕切られたささやかな来客スペースに引っ張って行く。そこには部で費用を出し合って買った冷蔵庫が置いてある。フロアで共同の給湯室にも設置されてはいるが、容量がちいさいため陣地の奪い合いが発生するのだった。

「……発案者の特権」

扉を開けて、タッパーを取り出す。蓋《ふた》をずらして中身を覗かせてやると一顕は「まじで？」と声を上げた。

「まぐろ、ヅケにしてもらって横領《おうりょう》しちゃった」

「半井さん最高っす」

「だろ。腹減ってる？」

「減ってる減ってる。新幹線でビールのつまみぐらいしか食ってないから」

「コンビニでレトルトご飯買ってこようか」

「いや、もっとおいしく食べましょう」


「困るんだよねー、こういう要求はさー」

と足立《あだち》がぼやく。

「言っとくけどまぐろにつられた時点でお前も共犯だから」

「だって社食行ったら長蛇《ちょうだ》の列だったし。俺、並ぶの嫌い」

足立と一顕、それから整は企画開発部にいる。三人の目の前では、この秋新発売の最新型炊飯器が早炊きモードで米を膨《ふく》らませている真っ最中だ。

「お前らいつもこんなことやってんの？」

「人聞き悪いな、萩原くんたっての希望で特別に新米の試食会を開いてるだけですから……お、炊けた。三層釜《さんそうがま》のおいしさ、味わって食べてよ」

釜が偉いのか足立の水加減がうまいのか、湯気の中から現れた白米はしっかりと粒が立ってつややかだった。特製のたれにじっくり漬かった赤身を載せて一緒に食べると、三者三様の「うま」が洩れる。

「日本に生まれてよかった」

と一顗がしみじみつぶやいた。

「うんうん、死ぬ前の走馬灯《そうまとう》に浮かんできそうなレベルだよね」

「何だそりゃ」

ひと気《け》のない社内で、雑談しながらこっそり夜食を食べていると妙に懐かしい気持ちにさせられた。

「……文化祭の前日とかに教室でお菓子食ってる時みたい」

何となくそこにいる面子《メンツ》で、何となく帰りがたくて、特別に引き伸ばされた放課後の中に漂《ただよ》っていたあの感じに似ている。

「へー、半井くんて文化祭の準備とかまじめにやるタイプだったんだ。見えないけど」

「なぜかさぼってると目立つみたい」

「あー、アンニュイな雰囲気あるもんね、必要以上にやる気なく見えんのかも」

「いるじゃん、要所要所で働いてるように見せかけながらうまく手抜いてるやつ。ああいうのがへただった」

「足立は得意だろ」と一顗。

「え、どーゆー意味？　ていうか萩原って恩知らずだなー」

「何だよ」

「彼女と別れて以来元気なかったからいろいろ誘ってやったのに全然乗ってこなくて、そんで勝手に復活したと思ったら俺のことをこうして都合よく使ってるじゃん」

「いろいろって」

一顕が顔をしかめる。

「合コンかキャバか風俗の三択だったじゃねーか」

「失恋にはそれがいちばんでしょ」

「何でだよ……」

「あ、ボウリングとかバッティングセンターでも誘えばよかった？」

「足立と汗流すなんて気持ち悪い」

「あーまたそういうこと言う」

そうか、と整は今さら思う。

こいつ、元気なかったんだ。没交渉だった期間の一顕を知らない。自分を顧《かえり》みればそれは想像にかたくないが、第三者の証言として聞くとリアルだった。

元気なかったけど、今は元気になったんだ。よかった。

余ったごはんはおにぎりにして分け合い、後片づけをすませ、今度こそ家に帰るのかと思いきや、一顕は「ちょっと」と言って総務のフロアまで戻った。置いてきた荷物なんてなかったはずだけど。

「なに？」

「こっち」

手を引かれた先はリフレッシュスペースだった。

「何飲みますか」

「え、ああ」

促《うなが》されるままカップベンダーの温かいコーヒーをチョイスし、一顕も同じボタンを押した。

並んで窓の外を眺める。オフィス街の明かりもこの時間だとかなりまばらだ。向かいのビルにぽつぽつともる光は、紙コップのふちから昇る湯気ですこしかすむ。このあたたかな空気も空まで届けばやがて雲の一部になって雨を降らせるのだろうか。

一顕が言った。

「やり直したくて」

「え？」

「前、ここで別れた時、本気で悲しかったし悔しかったからいい記憶で上書きしとこうと思って——

笑うなよ」

「笑ってないって」

「笑ってる」

「分かんないよ」

そうだな、悲しかったし悔しかったな。もう駄目だと思ってたし、先も見えないのに踏み出した愚《おろ》かな一歩を後悔してもいた。

でも今、傍《そば》にいる。同じ場所に、同じだけど同じじゃないふたりで。やり直したくて、と言った一顕は、やり直せることなんてないと痛いほど分かっているだろう。叶わないと知っている望みは、その無為《むい》こそがいとしい。

「もっと上書きしようか」

「うん」

頷いた一顕の唇に唇を寄せる。触れ合う。手の中のコーヒーがぬるまって水蒸気を吐き出さなくなるまで。

雨の日と日曜日は

ざあ……と表からはローテンションな拍手みたいな音が聞こえてくる。整《せい》は目を開け、腰に回った一顕《かずあき》の腕をそうっと剝《は》がした。雨の朝の、ねずみ色した明るい暗さだ。あるいは暗い明るさなのか。その鈍《にぶ》い光が射してくる方向がいつもより違うことに一瞬、あれ、と違和感を覚え、そうだ萩原《はぎわら》の家だ、と納得した。

うつぶせに枕元から伸び上がって、出窓に取り付けられたブラインドにぺきりと指を掛けて雨足を窺おうとしたら、脱力しきっていたはずの一顕にぐっと引き寄せられた。

「わっ」

「……どこ行くの」

「どっこも行かないって」

まだ半《なか》ばは夢の中らしく、声の輪郭《りんかく》がとろりとゆるかった。まどろみながら、整が動く気配にだけ反応して甘えているのだと思うと、この、いい年の（同い年だけど）男がやけにいじらしく見えてきて困る。

横を向き、ベストなポジションを探る。シーツを横断するもう片方の腕に頭を預け、胸に背中を預ける。こういうの、スプーンハグって言うんだっけ。

「雨降ってるよ」

「うん」

「きょう、出かけるつもりだった?」

「んーん」

「じゃあいっか、別に」

「うん」

この頃はだいぶ涼しくなって、うすい掛け布団では肌寒いぐらいだけど、誰かと一緒に眠るならちょうどいい。雨の日曜日の巣ごもり。

「はぎわらー」

「んー?」

「俺はちょっとびっくりしたんだけど」

「なに?」

眠気のせいで、一顕の声は億劫《おっくう》そうだった。整にはそれがおもしろい。うとうと半眼になっている犬猫を構うのが楽しいのと同じだ。

「何でダブル?」

「何が」

「ベッドが」

引っ越すにあたり、それまで使っていたシングルを持って行ったのだとばかり思っていた。まあ、単に広々眠りたいだけの話かもしれないけれど。

「……わるい？」

「悪くないけど、ちょっと意外だったわけ。俺とこうなる勝算つーか見込みがあったんなら、余裕だなって」

ちなみに整のベッドはセミダブル、買う時にたまたま在庫品限りでシングルより安かったからだ。

「じょーだんじゃねーよ」

一顕はすこしふてくされたようにぎゅっと力を込めた。

「自信なんかなかったけど、でも、万が一のラッキーの時にベッド狭いからちょっとドンキで新しいの買ってきます、なんて言えねーじゃん」

「そりゃそうだ」

「だから……願掛けみたいなもん」

「ここに来ますようにって？」

「うん」

今度は、今度こそ何かに隔《へだ》てられずに夜を過ごせますように。離れずに、別れずに。

「……叶った？」

「すごく」

すごく叶った、っていうのもおかしな表現だけど、すごく伝わってきた。

「……ん、」

耳の裏にぐりぐりと鼻先を突っ込んでくる一顕はやり取りの間にだいぶ覚醒してきたらしい。

「くすぐったいって」

「半井《なからい》さんが起こしたくせに」

「寝たまましゃべってくれててよかったんだけど」

かわいいし。

「できるか」

「ていうかね」

「うん?」

「さっきからあたってんだけど」

もちろんこんなのは興奮じゃなくて単なる肉体の現象に過ぎない——少なくとも今は。

「……朝だし」

「まあなあ」

雨だし、予定はないし、ベッドだし、裸だし。くっついてるし。

ふたりだし。

ふたつの身体を固定するためだけだった腕が動き、その先にある指が素肌をあちこち探り始める。

「あ……」

整の吐息は、まだ雨音よりかすかだけれど、きっとすぐに。

大人の運動会は、雨天《うてん》のほうが何かと好都合だったりする。

秋 雨 前 線

[mellowrain] Akisamezensen

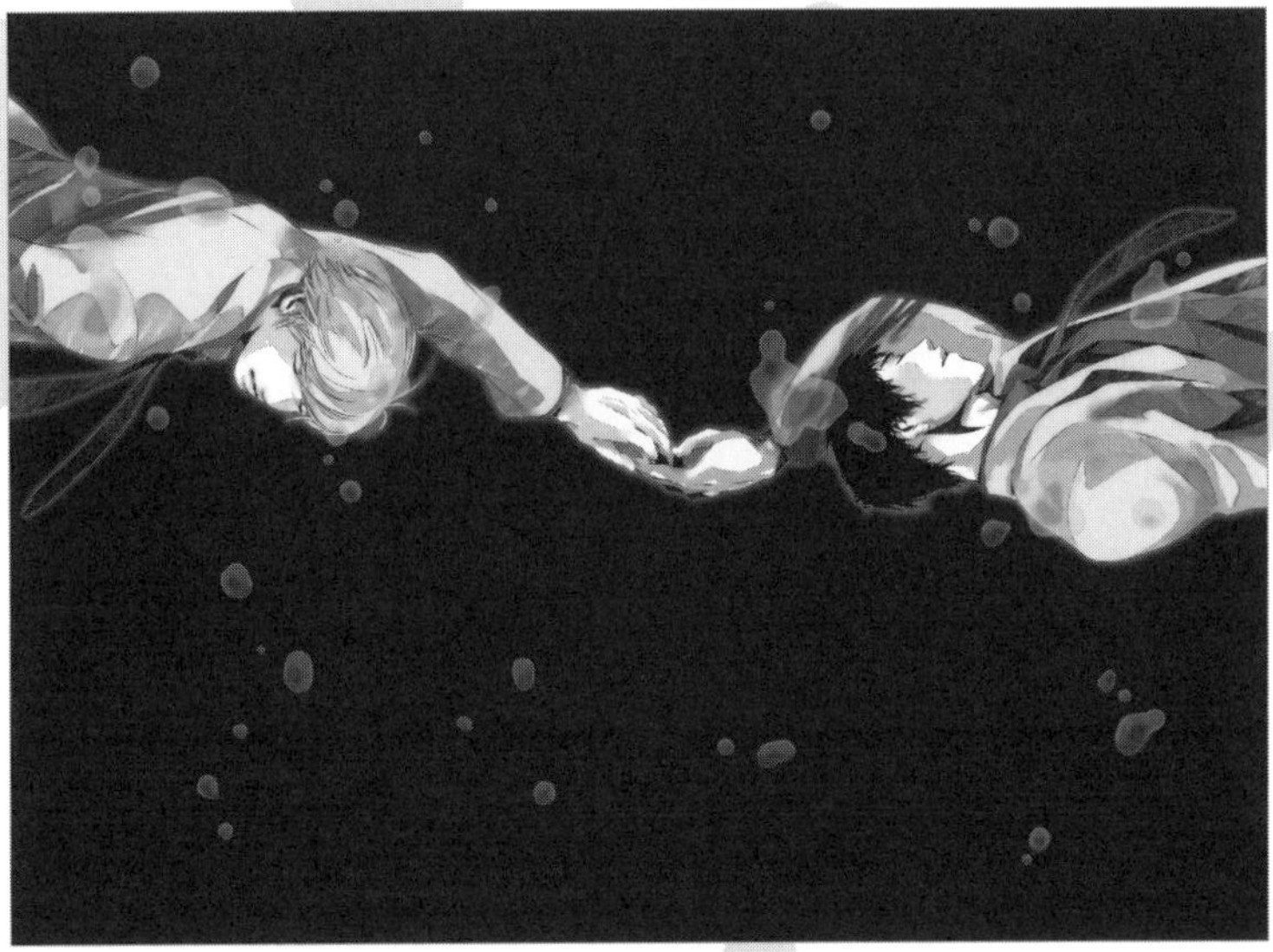

以前から憧れていたニス加工で、
水滴が散ったような表紙に。
今回「メロウレイン」のカバーにもぽたぽたっと重ねてもらっているものです。
ホテルの朝ビュッフェで男子ふたり組を見るとついときめいてしまう。

by Michi Ichiho

先生の推しもあり思い切った黒背景。
入稿時には印刷屋さんの担当紳士に何度も助けていただいた、思い出深い装丁・装画です。
本来ならこのまま仕舞われて終わるところ、
加工含め今回改めてカバーに採用していただけたこと、感無量です。

by Lala Takemiya

きいろい星

三人で飲んでいる最中、足立《あだち》が唐突に言った。

「あ、俺、今度結婚することになりまして」

「は？」

今度ハワイ行くんだ、とかより「とっておき感」のうすい報告に整《せい》は耳を疑ったし、それは隣に座っている一顕《かずあき》も同じらしかった。

「誰と？」と整が尋ねた。

「誰とってそんな、今現在おつき合いしてる人に決まってるじゃないですかやだなー」

「何か、三日前に知り合いましたって女と結婚するほうが足立くんらしいような気がして」

「やめてよ、頭おかしい人みたいじゃん」

「いやそれ、何となく分かる。ていうか結婚て……何で？　お前、最低三十までは好きに遊ぶって言ってたじゃん」

一顕の問いに、「いやーまあそのつもりだったんだけどねー」とあくまで軽く返す。

「急いで結婚しなきゃいけない理由なんてひとつしかないでしょ、察してよー」

それくらい当然思いつく、が、いいのかそんなノリで。

「……おめでた?」

できちゃった、だと失礼なので精いっぱいソフトな表現を用いたというのに、本人は「できちゃったんだよねーこれが!」と何の悲壮感も漂わせず額を叩いてみせるのだった。かといってやけくその空元気《からげんき》、というわけでもなさそうだし。

「それは……」

「おめでとうございます」

自分たちのほうが何だか神妙になってしまって、ぎこちなく祝辞《しゅくじ》を述《の》べる。

「どーもどーも。でもおっかしーなー、俺、一度たりともノーゴムでやったことはないんだけどなー」

おまえ、と一顕が絶句した。

「まずいだろ」

「ずれたり破れてたりって記憶もないし……はめられちゃいましたかね? はめちゃってはめられちゃいましたかね? はっはー」

いや全然笑えないから。

「仮に、ゴムに穴空《あ》けられてて、だったらまだいいけど、よくないけど、もしかして、もしかしてだよ……」

と、さすがに人様の彼女だからそれ以上の可能性をはっきりとは言いにくい。けれど足立はまたしてもあっさりと、いっそ他人事《ひとごと》みたいに続きを引き受ける。

「あー、最悪俺の子じゃなかったらって？　そん時はドンマイ！　ってことで！」

「ドンマイは俺たちの台詞《セリフ》だから」

「あーんまぐちゃぐちゃ考えてる暇ないんだよー実際。とりあえずあした彼女んち行って親父さんに殴られてこなきゃだろ、自分の親にもまだ話してないし、多少腹出てても式やりたいって言ってるし、あーでもまず籍だな。何か母子手帳の名字とかいろいろあるみたい」

　指折り数えながら列挙《れっきょ》する項目はすべてが超のつく重大ごと、かつ尻込みしても無理ない行事。この現実の前にどんな言葉がかけられるだろう。しかし、足立がもてる理由は分かった、と整は深く納得した。この、底抜けで蓋《ふた》もないという突き抜けた性格。こっちを向かせたい、と意地になる女は多そうだ。「攻略」に近いものがある。

「あの……会社への書類手続きとか、分かんないことあったら何でも訊いて」

「さっすが総務。俺、そういうの全然駄目だから、まじ頼っちゃうね」

「えーと、あ、じゃあお代わり頼もうか、グラス空《から》だし。何にせよ祝いごとなんだから乾杯しよう。ビールでいいよな？」

　一顕がさすがの調整力を発揮し、生を三つ注文した。

「足立も女遊び卒業か」

「いや遊びますよ、ほどほどには。急にやめたら却《かえ》って身体に悪いっしょ」

「ほんと悪びれねーな……」

「でもこういうタイプに限って、子ども生まれたらでれでれになって興味なくなるかも」

笑いながら言った言葉に、瞬間、自分ではっとしてしまった。誰の未来だったっけ、と。気づけば長年、結婚についてなど考えていない、というか社会に出る手前で人生のルートが大幅にずれたので、一度もない、というほうが正しい。

一顕は違う。同棲をした段階で、かなり現実的に結婚という未来を視野に入れていただろうし、その先には当然「子を持つ」ビジョンがあったに違いない。整がいなくても、かおりとは駄目になっていたかもしれない。でも「その次」が男か女かで、人生は全然違ってくる。ただでさえ大きな転換点に差し掛かるお年頃だ。びっしり結露《けつろ》するジョッキを透《す》かして見るビールみたいに、どんな道行きだって等しく不透明ではあるけれど——。

「半井《なからい》さん、ビールきましたよ」

「うん」

……別れるつもりもないくせに、こんな迷いには意味がない。悩みをもてあそんで楽しんでいるに過ぎない、と整は自分を戒《いまし》めた。どうするかは一顕が決める問題なのだから。こいつが男でよかったな、と思う。子どもを持つリミットが女ほどにはシビアじゃない。

「じゃ、改めて、足立の新しい門出《かどで》に」

おのおのグラスを持ち上げたところで、突然、でかい声が割って入った。

「萩原《はぎわら》！」

「あ――お疲れさまです」

「何だよここで飲んでたのかよー」

「偶然すね」

「お前にこの店教えたの俺だろー」

「あ、そうでしたっけ？」

「お前、いつからそんなに偉くなったんだよ」

「や、そういう意味じゃないですって――……あ、えっと、営業の先輩です」

と、後半は整に向けて説明した。子どもみたいに頭をくしゃくしゃされながら。足立は、顔つきを見るに面識があるらしい。呆気《あっけ》にとられていたのはどうやら自分だけだ。一応社内の人間として自己紹介くらいすべきかなと思ったが、向こうはすがすがしいほど整に興味を示していないのでこちらも倣《なら》うことにした。

「何飲んでんの？　ビール？　じゃあ俺もそれにする」

空《あ》いた席に腰を下ろし、勝手にオーダーしてしまう。おいおい。隣にやってこられた足立は諦めきった、というか半ば予想していた風情《ふぜい》で、一顛《なか》はといえば「まいったな」という表情、でも表立って文句を言うでもない。そんなかしこまった席でもないし、全員同僚だし、営業部の力関係というのは、事務系の整が思うよりずっとかっちり決まっているのだろう。

「お前、昔『白州《はくしゅう》』のこと『しらす』って読んだの覚えてる？」

「えーもう、忘れてくださいよ。新入の時の話じゃないすか。ウイスキーなんか飲んだことなかったんですよ」

「ウイスキーだけかぁ？　『神《かん》の河《こ》』もそのまま『かみのかわ』っつってたし。でもあれで得意先に名前覚えてもらってかわいがられるようになったから、わざとだったんじゃねえのかって今でも思ってんだけど」

「わざとあんな恥かきにいかないすよ……」

ほか二名のことなど眼中にもなさそうなのを幸い、整は無遠慮な視線を走らせる。学生時代はスポーツに熱中してましたって感じの体格、短く刈られた硬そうな髪、左手には——しっかり指輪がはまってる。そう、いかにも堅実な、現実的な結婚をしていそうなタイプ。妻は、子どもがある程度大きくなったらパートに出て、家も買うし、テーマパークの年間パスポートも持っているだろう。間違っても後輩に性的な関心などありはしない。

でも、何でそんなに顔近づけてしゃべりたがるかな。へんに下心があるより、べたっとして気味が悪い——と思う自分の心が嫉妬で濁《にご》っているだけか。

「すいません、ちょっと電話が」

内ポケットを探りながら席を立ち、化粧室の前で足立にメールを打った。

『キモい』と一言。

すぐに足立が、笑いを噛み殺してやってくる。

「気持ちは分かるけどさあ、半井くん顔に出すぎっしょ。ま、向こう気づいてないからいいか」

「だって距離感おかしいし、そもそも声かけるタイミングがひどいだろ、ちょっとは空気読めよってという」

「萩原しか見えなくなっちゃったんじゃない？　あの人、ほんと萩原大好きだからさー。あ、へんな意味じゃないよたぶん。妻子持ちだし」

あ、やっぱり。

「ずっとあんな感じなんだよね。まあ買われてるってことなのかな？　彼女いた時は、一度会わせろ会わせろってしつこかったし。萩原もバカじゃないから、そのへんは適当にかわしてたみたいだけど」

「そうなんだ」

「だって顔合わせしたが最後、向こうの嫁巻き込んだつき合いに発展させられるか、姑《しゅうとめ》みたいな目線で品評されるかでしょ。重い。結婚して子どもができようものなら名づけに嚙もうとするよね絶対。たまーにいる、体育会系粘着《ねんちゃく》質の典型って感じ。同性に精神的な執着示すタイプ。ああいうのって彼女とか奥さんじゃ駄目なんだろうね」

「……足立くん、結構言うね」

「え、だって男を優しい目で見る必要なんかないでしょ」

真顔で言い切られてしまった。

「それに俺、別にあの人のこと嫌いじゃないよ。好きでもないけど。ふだん関わりないし、悪人じゃないし。ＰＴＡとか町内会の用事を張り切ってやってくれそうじゃん。こういう人がいてくれるから世の中って回ってるんだなーって感心してる。じゃ、そろそろ戻ってるから、適当に時間差できて」

「うん」

足立がぽんぽん言ってくれたから、だいぶ溜飲《りゅういん》が下がった。整にガス抜きさせるための放言だったのなら、頭と気の回る男だ。

しかしテーブルに戻ると、くだんの先輩はちゃっかり整の席（つまり一顕の隣）に陣取っていて、こめかみがぴきっとひび割れるのを感じた。しかも煙草まで喫《す》ってるし。それで、口から出るどんな話題も「俺がいかに萩原に目をかけてきたか」「どれだけ萩原のことを知っているか」でオチがつく。一体誰に対する縄張りアピールなんだよ。俺？　俺か？　いっそ恋愛感情のほうがすっきりする。

幸い、招かれざる客は元いた集団に呼び戻されてほどなく離脱したけれど、とどめにむかついたのは「足しにして」と一万円置いていったことだ。気遣うポイントが違うだろうが。その手の「悪いやつじゃなさ」っていっそうもやもやする。

「あ、そうだ」

気まずいムードを払拭《ふっしょく》しようとしてか、一顕がやけに明るい声を出した。

「こないだ、出張の時にこれ見たんすよ」

携帯の写真フォルダを開いてみせる。何やら黄色い列車が映っていた。ひまわりみたいに鮮《あざ》やかな色の車体にブルーのライン。

「お」

足立は反応して身を乗り出したが、整にはそれが何なのか分からなかった。

「ドクターイエローじゃん、どこで撮ったの?」

「名古屋。すれ違ったことはあったんだけど、駅停まってるとこ見んの初めてで軽く興奮した」

「それでちょっとぶれてんの?」

「親子連れに場所譲らなきゃって焦《あせ》ってたから」

「ドクターイエローってなに」

盛り上がりに水を差す問いに、一顕も足立も「え」という顔で整を見た。そんなに常識なのかよ。

何だかまた腹が立つ。

「半井さん知らないんすか」

「俺、鉄分ないし」

愛想《あいそ》なく答えた。

「俺だってないですよ」

「新幹線のコース、たまに走ってるらしいよ」

取りなすように足立が口を挟んだ。

「レールの点検?とかで。もちろん、一般人にはいつどこにいるのか全然分かんないから、レアなんだよ。俺も生で見たことないな」

「見かけたらいいことあるとか言うよな」

「ふーん、で、萩原、実際いいことあったの？」

「え」

それ訊く？って反応。四つ葉のクローバーとか星型のピノとか、具体的なご利益《りやく》を約束するものじゃなくて、見た、それ自体をひとつのささやかな幸運として受け止める、うん分かってますとも。

どうやら整は自覚しているよりもっと不機嫌らしかった。

「あ、さっき『先輩』から一万円もらったこと？」

「俺にくれたわけじゃないすよ」

「だってお前がいなきゃ絶対くれなかっただろ。そもそも存在も認識されずにすんでた」

「ちょっと――」

「あー、ぎすぎすすんのやめよーよー、ね、ね！　俺あした早いし、二日酔いでご挨拶《あいさつ》に行けないからもう帰んなきゃ。お先でーす」

常にこうして面倒ごとを回避しているのだろうか。足立が強引に切り上げて立ち上がると、じゃあふたりで残って飲みます、という空気では当然ない。

店を出て足立と別れると、整は五千円札を一顕に差し出した。

「何すか」

「お前からあの先輩に返しといてよ、俺までおごってもらう理由ないから。ひとっことも口きいてないし」

「いや無理ですよ」

そりゃそうだ。会話もしなかった透明人間が面子《メンツ》をつぶすわけにいかないだろう、単なる八つ当たりだった。

「ていうか、言うまでもないと思うけど、俺、ああいうやつ大っ嫌いだから。ほんとむり、ほんとうぜえ」

仏頂面《ぶっちょうづら》で札を財布にしまう。一顕が「すいません」と言った。

「お前に怒ってんじゃないって」

だからこそ一顕がいたたまれないのも承知だ。こんな台詞《セリフ》、フォローになりもしない。

「いろいろ、くせの強い人ではありますけど、いちから仕事教えてもらったから、俺にとってはいい先輩なんすよ。ＯＪＴついてくれた人ってやっぱ特別じゃないですか。半井さん、そういうのないすか」

「俺、女の先輩だったから別に」

「そりゃ俺だって選べるもんなら女の人につきたかったですよ」

「だよな」

「え」

「普通、そうだよな」

「え、ちょっと待ってくださいよ、そんな話してないじゃないすか」

「そんな話って？」

「半井さん」

あれ、とことのなりゆきを自分でも訝《いぶか》しんでしまう。何でこういう展開になってんだっけ。一顕はちっとも悪くない。整の悪口にほいほい同調する男なら好きにならなかっただろう。んー、じゃあ俺が悪いのかな。ちいさなとげを吹きつけた結果、案外まじめに険悪《けんあく》なムードになってしまった。でも「しょうがないよな、人づきあいって」とにこにこ我慢できるほどもの分かりのいい性格じゃない、そうだ、俺ってめんどくさいんだよ。こいつにも言われた覚えがあるし、それって萩原も承知の上ってことで――。

考え込んで、黙ったのがいけない。一顕までむっつり口をつぐんでしまった。喉《のど》の奥にゆでたまごがすっぽりはまったみたいに、沈黙をほどく言葉というのが出てこない。こういう時って、とりあえず謝って取《と》り繕《つくろ》ってしまうとますます気詰まりになる。

だから整は黙って駅の改札を通り、一顕もついてきた。当初の予定どおり、泊まっていくつもりはあるらしい。ほっとした反面、この空気を家まで引きずるのはやだな、と思った。

どうしよっかな、ああもうあの図々しい男さえいなければこんなことには、とまた表情が険《けわ》しくなったらしい、一顗がふうっとため息をついた。あ、まだ怒ってんのかこいつって思ってる。ちょっと思い出していらついただけなのに。ていうかため息でアピールすんなよ。冷静に考えると一顗にそんな意図はなかったのかもしれない、でも悪くしか受け取れない。頭の中に黒いフィルターがかかってしまったらしい。

電車に乗ると、ちょうど空席がひとつ生じた。

「どうぞ」と一顗がぶっきらぼうに言う。ここでありがとうって座っちゃえば風向きが変わるんだよなーとじゅうぶんに理解しつつ整は「いい」とかぶりを振った。

「俺、座り仕事なんだから別に疲れてないし。むしろお前が座れよ」

「俺も別に疲れてないんで」

空《あ》いた場所はすぐ知らない乗客で埋《う》まったのに、つり革ふたつ分の不自然な距離は縮まらない。

夜の景色をうっすら透かす仏頂面を窺う。いくつもの明かりが一顗と整を駆け抜けていく。街並みの隙間から別の高架が覗く。一日の終わりに近い電車の中は誰もが口を縫《ぬ》われたように静かだった。イヤホンから洩れる音楽、レールに沿わされる車体の身じろぎ、メールの着信音。生きている音がない。

「――あ」

そこに、ふっと自分の発した声が混じる。

向こうの線路は、新幹線の通り道だった。夜目にもはっきりと分かる、黄色い車体がほんの数秒で目の前を通り過ぎて行った。流れ星。

ドクターイエロー。

ぱっと一顕を見ると、目が合った。見た？という表情。こくこく頷く。

くったりしなびた野菜みたいだった車両の雰囲気が、すこしだけ変わった。


——今、何か通らなかった？

——新幹線でしょ。

——いや、違うやつ。

——ドクターイエロー？

——うっそ、早く教えてよ。

——だって一瞬だったもん。

——友達んちの前通るかも。ＬＩＮＥしよ。

ささやかな非日常の波紋《はもん》が広がり、皆がきょろきょろ窓の外を見る。あれ、何かあったらしい。何か「いいこと」が――。それがとっくに終わってしまったと分かると、またお行儀良く元の沈黙に戻っていくのだけれど、「何かがあった」感じは確かに残り、ふたりの間にあったちいさな摩擦《まさつ》を払ってくれた。

「新幹線よりずっと短いんだな」

「そうすね、七両ぐらい」

「さっきの写真、もっかい見せて、ていうか送って」

「えー」

互いがひとつずつ、つり革を詰めた。肩が触れ合う。整はほっとした。気まずさが解消されたことより、こんなつまらないけんかだってできるのだ、ということに。

あんな、割と普通じゃないいきさつを経《へ》てくっついたはずなのに、どうでもいいきっかけでつまずき、特にドラマチックな和解劇もなく軌道修正される。

日々だ。ありふれた毎日だ。でもそれでいいんだ。永遠にほどけない結び目より、ゆるみに気づいて「おっと」と片方ずつ締め直すのがいい。またかよあーあって思いながらそれを繰り返すのがいい。いつでも同じタイミングで、黄色い星に気づくとは限らないけれど。

そうこうしているうちに、降車駅が近づいてきていた。

きいろい蜜

駅についてから整《せい》が「腹減ったな」と言う。中途半端に切り上げたせいで確かにまだ食べ足りず、飲み足りなかった。

「もう一軒寄ってく？」

「心当たりがあるんなら」

「うん。いっつも萩原《はぎわら》に任せてばっかだから、たまには俺がアテンドするよ」

整の家に帰るルートからひょいっと横に入ると、四階建てマンションの一階部分がそれとおぼしき店で、脚付きの黒板が豆電球に照らされていた。チョークで書かれたメニューから系統を推測する。

「フレンチ？」

「ごった煮洋風居酒屋かな。午前三時までやってるから、残業の帰りとか便利なんだよ。あんまがっつり食べるのもなっていう時間帯は、前菜の盛り合わせとグラスワインだけ頼むんだ。あれって、肉も野菜も卵もきのこもちょっとずつあるだろ？　バランス取れる気がして」

「いーな、うちの近所、ファミレスかチェーン系居酒屋ばっか」

「それはそれで便利じゃん」

整が白木《しらき》の扉を押し開けると、かろん、とベルの軽やかな響きがする。

「あ、こんばんは」

四十がらみのシェフが気さくに笑いかける。見渡すまでもない、ささやかな店だった。二人掛けのテーブルふたつ、四人掛けがひとつ、カウンター席が四つ。見たところ、従業員は二十代前半くらいの女の子がひとり。カウンターの隅では、いくぶんかこそげとられた生ハムの原木《げんぼく》がつややかにランプの明かりを受けている。

カウンターに掛けると、整は「本日の泡」といかにも慣れた口調でオーダーする。

「きょう、国産の柏原《かしわら》のワインになりますけどよろしいですか?」

「うん。萩原は?」

「じゃあ俺も同じのを」

「はい」

「あと、適当に二品ぐらいお願いします。食べてはきたんで、そんな重くないものを」

「分かりました」

グラスがふたつ運ばれてきた。わずかにアイボリーがかった液体の表面で躍《おど》るような泡は、かちんとちいさな乾杯で弾《はじ》ける。

「半井《なからい》さんがお友達連れてくるの初めてですね」

カウンターの向こうから、女の子が興味津々《しんしん》に話しかけてきた。

「うん」

「同じ会社の方ですか？」

「そう」

あー、と思った。眼差しの中にあるのが、単なる好奇心だけじゃないとすぐ分かる。整は気づいているのかいないのか、さらりと「あゆこちゃん」なんて呼ぶ。

「バケット、いつもよりちょっとかりかりめに焼いてくれる？」

「はーい」

スナックみたいにクリスピーなのがいい、というのは一顕《かずあき》の好みだ。だから明らかに一顕のためのオーダーで、でももやっとした気持ちが晴れない。

「きょうもお仕事帰りですか？」

「うん、一軒飲んできて」

「半井さんて土日全然来てくれないですよね」

「混んでそうだから」

「えー、そんなことないですよ、こないだの日曜ちょーひまだったもん」

そういえば、異性と一緒にいる整を見たのは初めてかもしれない。ちゃんと社会性を身につけた大人の男の、普通の態度だ。適度に親密、それでいて思わせぶりな打ち解け方はしない。女といると、「男」をしている整が浮き彫《ぼ》りになる。新鮮で、ちょっと見とれてしまうのは倒錯《とうさく》だろうか。抱かれる側はいやなくせに。

「お連れの方、男前ですね」

「え?」

褒め言葉に対応するマニュアルはいくつかあって、TPOに応じて使い分けている。①あざーす、とアホっぽく喜んでみせる②いやそんなの初めて言われたしと真顔で謙遜《けんそん》する③そっちこそきれいだねと余裕のお世辞返し④苦笑で軽く流す――面倒だから④でいいや。

「どうも」

「あ、言われ慣れてるって感じー」

「いやいや」

バケットの焦《こ》げ目はほどよく、サーディンのパテはしょっぱくておいしい、のが何だか悔しい。

「彼女とかいます?」

とかって何だろう。

「つき合ってる人? そりゃいますよ」

愛想よく肯定《こうてい》しながらテーブルの下でそっと整の足をつついた。ほかに客がいなくて幸いだ。涼しい横顔がわずかにゆるんだ。

「えー、いいなー。私今、まじで彼氏欲しいんですけどどうしたらいいと思います?」

身辺の怪しくない独身の若い男、なら何人か紹介してやれる心当たりはあるけれど「あゆこちゃん」はきっと整に聞かせたいのだろう。

「んー、彼氏欲しいってあんま公言しないことかな。肉食かよって引く男もいるし」

「えっ、でも言わないと分かってもらえないじゃないですか」

「欲しい時にはつくらないほうがいいよ」

オリーブオイルに浸《ひた》したバケットをかじって整が言う。

「腹が減りすぎると、どうでもいい店に入ってまずいもの食べちゃうし。欲望と判断力って両立しないから。全然男なんていらないとか、ひとりでいいやって思ってる時に出会った人を大事にしたらいいんじゃない」

「ひとりでいい、って思う時なんてないです」

「あゆこちゃん」は実に真剣に訴えた。それもそうか、と整は苦笑する。

「ないよな」


店を出てから、整に抗議した。

「あれはないんじゃないすか」

「何が」

「あの子、明らかに半井さんに気があるでしょ。普通、そんなとこ連れてく？」

「分かった？」

「分かるよ」

「実害があるわけじゃないしさ。言っとくけど誤解させるような言動もしてないから」

「名前で呼んでたじゃん」

「メニュー見てなかった？『あゆこの手作り本日のデザート』ってあんの。それで名字何ていうのって訊くのはさすがに失礼だろ」

「ふーん」

子どもじみてるのは百も承知だ。でも一顕には、一軒目で少々理不尽に機嫌を損《そこ》ねられたという思いがある。元を取るっていったらあれだけど、今度は俺がすねる番じゃないの？という。でもあんまり長引かせて本気の諍《いさか》いになるのはまずい、もうここまできちゃったし、この後の進行もあるし——なんて打算が先立つ時点で嫉妬の程度も知れようというものだ。

でもなー、何かなー、と釈然としない気持ちを抱えて歩いていると、ふっと隣から整の気配が消えた。

「——え？」

そのまま数歩歩いてから気づき、はっと振り返るといない。すぐ脇がコンビニだったから、おそらくそこに入っていったのだろう。

立ち止まり待っていると、案《あん》の定《じょう》店内から出てきた。

「寄り道すんだったらひと声かけてくださいよ。びっくりするでしょ」

「ごめんごめん」

割と真剣に文句を言ったのに、整はしれっとしたもので、一顕を見もせずに買ってきたものの包装をべりべり剝《は》がしている。紙の台紙とプラスチックのカバーをむくと、中身はごくちいさい。

「はい」

黄色い筒《つつ》。みつばちのイラストがついたリップクリームだった。

「はいって」

「唇、皮剝《む》けてる」

「ああ」

体質なのか、乾燥すると荒れやすい。みっともないし痛いから、冬場はリップクリーム――ごく普通の薬用――を持ち歩いてまめに塗るが、夏はおろそかになる。そうかもうそんな季節か、と思った。

しかし、こんなファンシーなの買ってきますか。絶対わざとだろ。

一顕はそれを受け取らず、ぶっきらぼうに「塗って」と言った。

「半井さんが塗ってよ」

「……しょーがねーな」

隠れ家飲み屋はおろか、街灯すらない細い路地に一顕を引っ張ると、スティックのキャップを取って「動くなよ」とささやいた。家の窓から洩れる明かりで、何とか互いの顔は見える。下唇に押し当てられた琥珀《こはく》色のクリームはまだ円柱形の端っこが硬い。新品のリップクリームをおろす時の、もったいないような感覚を思い出した。

甘ったるい香りがゆっくりと唇を一周し、逆剝《さかむ》けを鎮静《ちんせい》させ、潤《うるお》していく。いつもの、メントールの清涼感でなく、蜜《みつ》のとろみに覆《おお》われた。

「……すんごいはちみつ感が」

効くのか、これは。

「そう？」

「蟻《あり》がたかってきそう」

整はキャップを元どおり閉じ、リップを一顕のスーツの胸ポケットに落とし込んで笑った。

「蟻より先に俺がたかるよ」

やばい、くらっときた。

「半井さんて」

「ん？」

「案外うまいよね。天然？」

「案外って失礼な」

靴のつま先が触れ合う距離まで近づいてくる。

「お前があんまりかわいいからだよ」

「……むかつく」

腰に腕を回して唇を重ねた。半《なか》ば予想していたように抵抗のうすい身体が拒《こば》まれるより悔しく、接触を深くしてしまう。舌を吸うと喉《のど》の奥からくぐもった声が一顕の口内へと入ってくる。なめらかな舌はするりと抜けていき、整は性急を咎《とが》めるように下唇を噛んだ。そして上下の前歯でわずかにめくれたところを捉《とら》え、ぴ、と引っ張る。

鋭《するど》い痛みが亀裂《きれつ》になる。

「……いった！」

「あ、悪い」

相変わらず悪びれやしない。

「唇の皮剝くの、くせでさ。はちみつの味はしないいんだな」

「自分のにしろよ！」

何のためにリップ塗ったんだか。指先で押さえるとわずかに血がにじんでいた。

「あーもー……」

「ごめん」

出血でさすがに反省したか、焦った声を出す。

「ごめん、怒った？」

すがるような目の色も、計算かな。うん怒ってる、だから言うこと聞け、と裸を覆っている布をこの場で容赦《ようしゃ》なく全部剝《は》ぎ取ってやりたい。しないけど。

「……怒ってないよ」

両の頰を挟んだ整の手はすこしつめたい。そっと伸びてきた舌が細い傷をたどるとぴりぴりしみた。

「塗り直す？」

「いや、また同じことになりそうな気が」

「そうだな、剝きすぎて唇なくなるかも」

「怖いよ」

ぎゅっと抱きしめる。整の家まで、あと五分程度だった。その五分がもどかしくてたまらない。

「どこでもドアとかねーかなー……」

「そーゆーとこがかわいいんだけど」

腕の中で整が笑った。

「半井さん、そういえば、欲望と判断力は両立しないって言ってましたよね」

「え、いつ言った？」

「さっきの店で！」

ごもっともなお言葉、でも自分たちに当てはめてみるとひやりとしないでもないじゃないか。

「んー、俺あそこじゃ適当にしゃべってるから覚えてない」

このけろりとした顔、どうやら嘘はついていないらしい。罪作りというか、何の作為もなく人を振り回すのは男女問わずこういうタイプだ。

……まあいいか。脱力とともにあくびをすると整が覗き込んでくる。

「眠い？」

「うん」

「寝ていいよ」

というか早く寝ろ、と言いたげな口調だった。

「何で」

「寝てる間に塗っといてやるから」

いつポケットから出したのか、黄色いスティックを得意げにかざす。そういえば行為の最中も、いつもよりキスを求められた気がする。

「自分で塗って寝るから貸して」

「いや塗ってやるって」

「たかられそうだからやだ」

リップを取り上げようとすると整は身をよじって逃れる。狭いベッドが、じゃれ合いでしかない攻防で軋《きし》む。黄色い蜜は、早々に使い切ってしまいそうだった。

秋雨前線

雨音で目が覚めた。枕元の携帯を見ると、まだ五時半。寝直そうとしても雨だれが耳について意識は冴える一方だった。『雨。起きちゃったよ』とメールを打つ。特に返信は期待していなかったが、すぐ着信があった。

『俺も』

「ほんと？　むしろ俺のメールで起こされたんじゃなくて？」

『違う違う。半井《なからい》さん、また寝る？』

「無理っぽい。完全に起きちゃった」

じゃあ、と一顕《かずあき》は言う。

『デートしようか』

会社からひと駅の場所にあるホテルのロビーで待ち合わせた。もちろん朝っぱらから激しいデートをするわけじゃなく「ちょっといい朝めしをゆっくり食べましょう」というのが一顕の提案だった。

「おはようございます」

「おはよう」

一階のレストランがビュッフェスタイルの朝食会場になっているので、宿泊客ではない旨《むね》を告げて中に入る。朝食三千八百円、飲みに行くよりは安いし、平日からゆったり朝を過ごすのは、値段以上のぜいたくをさせてもらっているようで気持ちがいい。

「ビジネスって感じの客、多いすね」

「だな」

七時前、まだ客入りのピークとはいえないだろうレストランには、それでもかっちりスーツを着込んだ男の姿が目立った。新聞を熟読したりタブレット端末《たんまつ》をにらんだり、忙しいことだ。欧米人ってどこにいてもシリアルやオートミールばかり食べているように思えるのは気のせいだろうか。ここには和も洋も点心もエスニックも山盛り並んでいて、整《せい》たちは目移りしてしょうがなかったのに。

「いいなー。いったいどこで働いたら、こんなとこに経費で泊まれんだろ。一泊五万切らないすよね」

「萩原《はぎわら》、ちょいちょい泊まり出張してるじゃん」

「ふっつーのビジネスホテルに決まってるじゃないすか」

「出張旅費に自分で足していいホテルに泊まったりできないんだっけ」

「どのみち出張だと、疲れて寝るだけだからどこでも一緒なんすけどね。単独行動取ったりしたら勘《かん》繰《ぐ》られそう」

「何を?」

「いや、女呼ぶつもりじゃないかって」

一顕は声を低めた。ああ、デリバリーね、と納得する。

「誰かと一緒だったら呼びにくい?」

「さあ。出張予定入ったら堂々と情報収集してるやつもいますけどね」

「前からふしぎに思ってたんだけど、そういう、商売の人ってフロントで咎《とが》められないの?」

「宿泊客が呼んでんだし、たとえば知り合いと部屋でお茶するだけって言われたら、どんなにあからさまでも突っ込めないでしょ」

皿に残った目玉焼きの黄身を、じっくり炒《いた》められて脂《あぶら》っ気《け》の抜けたベーコンで拭《ぬぐ》いながら「そういえば」と視線を宙にやった。

「昔、真夜中に取引先の忘れ物届けに行ったことあるんすよ。ここじゃないけど、同じくらいのランクのホテルに。したらエレベーターで、もろそういう感じのおねーさんと乗り合わせて、関係ないのに緊張した」

「そういう感じって?」

「んー……言葉ではうまく説明できない。特別に派手とか美人ってわけじゃなかったんだけど、何となく分かる。堅気《かたぎ》じゃないって雰囲気。あと、でかいバッグ持ってる」

「何で？」

「そりゃ……いろんな用具を持参しないとだから」

「ふーん」

一泊百万円の部屋に泊まろうがやりたいものはやりたい。ここでお上品にブレックファースト決めてる男たちの中にもゆうべ愉《たの》しんだやつがいるかもしれなくて、男ってどうしようもないなと呆れつつ、どこかでほっとしている。

仰《あお》ぐほど高い天井までガラスがはまっていて、そのすぐ向こうは日本庭園だった。ガラスにしずくの点線が走り、見る間につながった流れになる。木々の緑は濡れてつややかに深い。雨音と混じる人工のせせらぎを聴きながらここで終日ぼんやり景色を眺めていられたらいいのに、と思った。

「きょう、一日雨ですかね」

「かな。秋雨前線が活発とかゆうべのテレビで言ってた」

「秋って地味に、雨多いですよね」

「台風もくるしな」

「あー」

きょうの空模様を知りたければ、手元の携帯にすぐ予報が表示される。でもそうせず、とりとめなく話すのがいい。どんなに些細《ささい》でもいい、答えを欲しがらない会話が生まれると、ちゃんと「ふたりの時間」だという気がする。

出社すると、机の上に見覚えのない折りたたみ傘《がさ》があった。誰かの忘れ物を勘違いして一顕のデスクに置いたのだろうか。俺のじゃないんだけど。少々困惑しながらそれを手に取ると、下に付箋《ふせん》が隠れていた。折り返して文面を隠せるタイプ。うすい糊《のり》で接着された紙片《しへん》を広げる。

『誕生日おめでとう』

署名はなかったが、ほかに心当たりがないので整からだと思う。そういえばきょうか。また年を取ったとため息をつくまでには至っていないが、年々バースデイへの関心というのはうすれている。持ったままの傘とメモを意味もなく見比べる。飾り気がない、というかそっけないプレゼントだけど、整らしいといえばそうなのか。

袋じゃなくソフトケースに入っていて、かばんの外にぶら下げられるよう、ホルダーもついていた。便利そうだ。グレーに近い黒の地に、ところどころ紺《こん》やカーキの細いストライプが入っている。

……でもこれ、一度開いた痕跡《こんせき》があるような。

ケースのジッパーを開けて本体を取り出すと、ぴしっとしているはずの折り目がわずかに膨《ふく》らんでいる。そもそも、買う時に贈答用か否《いな》か訊かれるだろうし、一応誕生日が名目《めいもく》なら、それなりの包装をしてもらうんじゃないのか。どうせごみになるし、机の上で悪目立ちさせたくなかったのかもしれないけど——あ、ネットで買ったとか？　それで検品《けんぴん》のため一度開いて確かめた、ありそうだ。

何にせよ実用的だし、覚えていてくれたのは素直に嬉しい——忘れようがない、というのは考えずにおく。一顕は傘をビジネスバッグに入れた。きょうも不安定な天気らしいから。

整にメールしようかと思ったが、目の前の電話が鳴ったのでひとまず後回しにした。

メールしなくちゃ、しなくちゃと頭の隅でずっとリマインダーが鳴っていたが、結局そのまま一日が終わってしまった。ものの一分メールする暇が本当に見つからない時はある。月末の金曜日というのはとりわけ慌ただしいから。

残業中、買い出しに行くことになった。週明けの戦略会議——頭の二文字は必要なのか？——で発表する資料作りに追われていた。忙しい時に限って手近なコンビニで調達できないものが食べたくなるのは一種の現実逃避だろうか。満場一致で徒歩十分の中華料理屋のテイクアウトに決まり、「腹減ったな」と最初に言った一顕がお使い役になった。

エレベーターを待っていると、足音が追いかけてくる。

「私も一緒に行く」

営業の同期だった。

「や、大丈夫だよ」

「雨降ってるし」

「折りたたみあるから」

「でも……」

「ほんと大丈夫だって」

ここでお引き取り願ってしまうと、彼女は皆のいる部屋に戻りづらいだろう。でも一顕はひとりで外に出て電話をかけたかった。もう体力のゲージもかなり下がっている時間帯、メールじゃ足りない。声が聞きたい。わざわざパシリを引き受けたのはそのためだ。

「靴、レインパンプスじゃないだろ？　雨に濡れたらつめたいし、待ってなよ」

ぽん、とやけにまろやかな電子音がエレベーターの到着を知らせる。

「じゃ、行ってきまーす」

「あ──ねえ、萩原くん」

「うん？」

「……今、彼女いないってほんと？」

わあ、きちゃった。仕事仲間としては何の不満もないし、できれば知らんふりしていたかった。一顕は「んー」と言葉を濁《にご》してから苦笑をつくる。

「同じ会社でそういうのやめよう。働きにくくなるから、苦手なんだよ」

いる、とはっきり答えてもよかったのだけれど、話してもいない別れを知られている以上、余計な情報は与えたくなかった。そっか、と失望をにじませた笑顔の両側から扉が閉じられ、箱が降下を始めると一顕の口から長いため息が洩れた。断るほうだって緊張するんだ。

そして、分からない、と思ってしまう。今までは、恋人の有無《うむ》にかかわらず、好意を示されれば想像くらいはした。この娘《こ》とだったら友達っぽくやっていけそうとか、脚がきれいだからスカートの下までフルで拝《おが》みたいとか。心の中だけのちょっとしたお遊びだ。

でも今は分からない。さっきの同期が悪いんじゃなく、一顕の中で通路が閉じてしまって、まったく考えられない。美人、かわいい、スタイルがいい。表層的な部分で留まり、すぐに忘れる。歯医者に行った時、衛生士の女の子の胸が肩に当たってもラッキーと思わなくなった——くだらないけど。かといって男全般に特殊な興味が出てきたわけもない。

そうしよう、と心に決めるまでもなく整だけだった。改めて考えると怖くなるほどに。

見えない傘が頭の上にあって、雨を遮《さえぎ》っている。一顕はその音を聞き、露先《つゆさき》からしたたるしずくを眺める。でも濡れない。同じ傘の下に整がいて——柄《え》を握っているのはどっちなんだろう？

正面玄関はとっくに閉鎖されているので、時間外出入り口へ進む。自動ドアの向こうは結構な降りだった。風も強そうだ。そういえば台風きてるんだっけ。おろしたてで裏返るようなことにならなきゃいいけど、と傘の骨を案じながらそろそろと開き、そして一顕はつぶやいた。

「……何だこりゃ」

窓辺でアプリの雨音を聴きながら、居眠りしていたようだ。肌寒さで目覚めてからオットマンのついたソファに座っている自分を一瞬訝《いぶか》しみ、すぐにここが家じゃないと思い出した。身体を包む、ぶ厚すぎるぐらいのバスローブ。イヤホンを外しても同じような音に包まれている。いつの間に降り出したのだろう。

携帯の液晶を点灯させると時刻は午前一時半、着信が二桁《けた》。消音にしていて気づかなかった。あ、ごめんとここにいない相手に謝ってそっとカーテンを開く。雨は本降りだった。地上を見下ろし、整は声を出さずに笑う。電話をかけ直す必要はなさそうだ。

低層階からは、ホテルの前の通りがよく見える。街灯の下、きれいに舗装された道路で弾《はじ》ける雨粒が白く光っていた。風が吹くと、穂波がうねる時のようにさあっと影が掃《は》かれて空気の流れを視覚化させる。雨が疾《はし》っている。雨の道を、一顕が走っている。整が贈った傘が、玄関に向かってぐんぐん動いている。雨と一緒に一顕が駆けている。

どきどきした。

どきどきしすぎて、この感情が正なのか負なのか分からなくなってしまった。期待は限りなく怯《おび》えに似ている。

扉が解錠《かいじょう》される音がするまで、整は窓際から動けなかった。フロントに鍵を預けておいてよかった。

「もう……」

呼吸を荒くしている一顕は、どうやら会社から走ってきたらしい。雨を防ぎきれなかったスーツの両肩が染められたように濃く、バゲージラックに投げ出されたかばんも濡れている。

「タクシーは？」

「捕まんなくて……ていうか、」

電話出ろよ、と少々乱暴な口調で叱られた。

「ごめん、寝てた」

と答えると困ったように唇の両端を下げる。

「すいません、仕事終わんなくて」

「そんくらい分かってるよ。いいんだ」

会議があるのは知っていたから、午前様も想定内。

「ていうか」

「二回目」

「……最初から言っといてくださいよ」

「言ったからって仕事抜けられるわけじゃないだろ」

「だからって……」

短い前髪に指を突っ込み、もう片方の手で、まだ短く収納されていない折りたたみ傘を振る。重厚《じゅうこう》な板張りの床に水滴が散った。整が贈った誕生日プレゼント、しかし本命はそれじゃない。傘はいわばおまけだ。

「見た時、まじびっくりしたんすけど」

身に着けるものの好みはまだよく知らないので——そう、一顗についてまだ知らないことがたくさんある——服とか靴とか、張り込んだけど微妙、という結末は避けたい。だから、残らない贈りものにしようと考えて「いいなー」とぼやいた一顗のために、ふだん手が出ないホテルの部屋を押さえ、傘の内側に修正液で宿の名前を書いておいた。開いたら招待状になっている仕組みだ。ただ早く目が覚めてしまっただけの日に「デートしようか」と何でもないふうに誘ってくれたのも嬉しかったから。

「無事、デリバリーされてきてよかった」

「玄人《くろうと》じゃねーし……ていうか」

「また?」

「そもそも、雨降らなかったらどうする気だったんすか」

「ひとりで寝てたんじゃないかな」

「ありえねー」

「でも降ったし」

一顕の手から傘を受け取り、開いて床に置く。まだ撥水《はっすい》加工がよく効いている曲面を雨の球がいくつもいくつも滑り落ちた。

「大事な時って、いつも雨が降ってたから」

抱きしめられると、スーツやシャツのしわひとつひとつから雨の匂いが立ち込めてくる。それが一顕の匂いと混ざって整を息苦しくさせた。

「過ぎちゃったけど、誕生日おめでとう」

「……ありがとう」

どうしよう、と一顕が途方に暮れたようにつぶやいた。

「うん?」

「来年の、半井さんの誕生日に、これ以上のサプライズをできる気がしない」

「はは」

「笑いごとじゃねーよ」

頬に触れると、汗か雨か判然としない水で濡れている。

「傘、ちいさかった?」

「いや、風きつくて。台風近づいてるせいだと思う」

「そっか」

台風がくる、台風が去る。みんな当たり前に使う。まるで台風に悪意があるごとく。でも台風は自分で動けない。気圧配置と風向きに影響されているだけだ。

嵐は、嵐よりももっと大きな流れに運ばれてやってくる。嵐そのものだって選べはしない。どこへゆき、どこへ消えるのか。

……そんなことを、確か寝る前にぼんやり考えていて、でも唇をふさがれたので話せなかった。

息継ぎとくちづけを繰り返しながらベッドへと誘導されていく。

「……遠い」

部屋の広さに文句をつけつつ、一顕はもどかしげにネクタイをむしり取ってスーツの上着と一緒に床に落としてしまう。

「それ、大丈夫？」

仕事はなくても、この服を着て家に帰らなければならない。くしゃくしゃにしてしまうとまずいんじゃないのか。

「平気」

シャツのボタンをぷちぷち外しながら一顕が答える。

「ズボンプレッサーで全部やっちゃうから」

「まじで？」

「こつがあるんだ」

「うそ、教えて」

「後で」

　ようやくシーツに乗り上げ、整のバスローブの紐《ひも》を解くころには下着一枚まで脱皮《だっぴ》していた。

「シャワー浴びてないけど……いい？」

　肯定《こうてい》を織り込みずみの甘えは、ほかの人間にやられたら腹が立つだろうに、一顕から投げかけられると、心臓の傍《そば》で鈴を鳴らされたみたいにくすぐったい。

「うん」

「どうしよう」

　腹から腰を撫でてささやく。いつの間にか一顕の声は、けむるような熱気を帯びていた。

「すぐしたい……用意、ある？」

「それは普通デリバるほうが持ってくんじゃないの」

「まだ言いますか」

　ふかっとしたパイル地越しにも、男の甚《はなは》だしい興奮は伝わってきて、整は「あるよ」と意地悪を早々に切り上げた。

「枕もと」

　一顕が手を伸ばしている間に裸になってしまう。ホテルは、ベッドサイドのスイッチで室内の照明を絞《しぼ》れるのがいい。読書灯の淡い明かりだけを残すと一度ぎゅうっと抱き合って互いの鼓動を分け合った。

チューブに入ったジェルは一顕の指を経由して整の下肢《かし》に塗り込められる。

「あ……」

つめたさと違和感にぞくりと皮膚が粟立ったのはほんの数秒だった。身体の内側と、それから指先のはらむ熱でやわらかなジェルはすぐ融点《ゆうてん》を迎える。

挿《はい》りたがって反《そ》り返っているものを早く何とかしてあげたい、と意識するまでもなく脚の間はそこだけ組成を変えたようにほどけていった。忍び込んだ指よりもっとずっと奥に火がついて、じわじわと焼け焦《こ》げに似た発情が陣地を広げる。

「んっ――あ、あっ」

にち、ととろけた潤滑剤が過敏な皮膚を伝って下敷きになったバスローブにしみこむ。指が二本に増やされると、拡《ひろ》げられている感覚は途端にリアルになった。血肉は熱を通わされてやわらかくなる。ほんのすこし動かされただけでも刺激は髪の毛にまで伝い、自分の全身がセックスの準備をしている、という背徳《はいとく》にまた発情してしまう。

指の先はあんなにまろやかなカーブなのに、出し入れでもたらされる快感は鋭く、勝手につま先が泳ぐ。ぎりぎりの深爪でととのえられている一顕の指。前はこんなに短くなかったのを知っている。

整を抱く時、傷つけないように。

だからこれは、一顕の「セックスの準備」。

そう思ったら何だかたまらず、素肌の上でどこか所在なげに遊んでいた一顕の片手を取り引き寄せた。

「あ、ごめん」

なぜか謝られてしまう。

「何が？」

「いや……こっち集中しすぎて左手全然使ってなかったから……」

愛撫の催促《さいそく》と受け取られたらしい。

「ダメ出しじゃないから！」

「え、違うの？」

かと言っていちから説明するのも恥ずかしいので「バカ」と一言だけ投げて指を口に含んだ。

「ん……半井さん」

人差し指から小指へ、順番にしるしでもつけるみたいにくわえ、最後に親指を吸い上げた。これじゃ痛いだろうに、と心配になるほど深く切り込まれた爪のふちを舌先でつつき、カーブをたどる。その間も、一顕の右手は休みなく整の背後を窺っている。

「んっ……ふ……ぅ、ん」

なかをたぐる異物の動きに合わせて口内のものをもてあそぶ。上下の歯で甘噛みしてやると一顕もふっと息を詰め、ますます大胆に体内を暴《あば》いた。上下の口、どっちがどっちか陶然《とうぜん》の中で見失いそうになる。

「あ――」

ぬるぬるになった指が上顎《うわあご》をひと撫でして、それが合図だったように出ていくと整の乳首に触れた。

「あ、やっ……！」

「あ、すげー固い、全然弄《いじ》ってなかったのに」

「ん、やだ、あぁ……っ」

「……朱《あか》くなってるし」

ぬるついたままの指で押しつぶされ、上下に動かされるとちいさな実が弾けたような快感が走る。

「んんっ……」

すでに三本の指で苛《さいな》まれる粘膜は、許容を大きくするだけじゃなく、明らかに性交を誘う収縮を始めていた。

「あぁ……」

引き抜かれれば蹂躙《じゅうりん》の残滓《ざんし》がじりじりもどかしくてたまらない。早く埋《う》めてほしい。半端に目覚めさせられた官能が圧倒的な質量を求め、細胞という細胞がむずかるように落ち着かなかった。

「はぎ、わら」

脚を大きく割られ、身体の合わせ目に昂《たか》ぶりが押し当てられる。なめらかで硬くて熱くて、整を苦しくさせるもの。気持ちよくさせてくれるもの。

「ん――」

できるだけ呼吸を平らにして訪れの瞬間——最初の一回しか味わえない——を待ったのに、整の望むタイミングでは与えられなかった。

「あ、ぁ、や」

ジェルで濡れたふちにぴたぴた音を立てて擦りつけはするものの、その奥へは進まない。挿入未満の軽い前後を繰り返しながら、整の、上向いた性器の裏側をなぞり上げたりする。

「やだ、ああっ」

いたずらめいた接合《せつごう》に、本来なら届いているはずの場所がきゅうきゅううごめくのが分かる。欲望をちらつかされたまま前を握られ、速いストロークで扱《しご》かれた。そっちじゃないのに。感じてるけど、そっちじゃない。浅すぎる侵入に、不完全燃焼の興奮が下腹部でねじれてせつない。

「やぁ——や、いやだ……」

「よくない？」

「そ、ういう意味じゃなくて……っ」

いいに決まってる。とろとろこぼしたものは一顕の手を汚し、いっそう手管《てくだ》を卑猥《ひわい》にする。でも。

「もうっ……」

たっぷり潤《うる》んだ口を自分からすりつけて腰を振ってしまう。

「……半井さん」

「や……っん」

透明なしたたりを分泌《ぶんぴつ》する性器の孔《あな》をちいさく抉《えぐ》られて全身がすくんだのに、後ろの一点だけがひくん、とひらいた。そのタイミングで、一顕がひと息に入りこんでくる。

「ああ！　あっ――あ、あぁ……！」

自分ではどうにもできない、じれったかった空隙《くうげき》をあっという間に充《み》たされて、肉体の悦《よろこ》びに思考がついてこられず、そのわずかなタイムラグの最中、本当に頭の中が真っ白になった。我に返ってからも、記憶がちょっと飛んだんじゃないかと不安になるほどだった。

「あ……や、あ」

心身の混乱はすこしばかりの涙になって目元に溜まった。整のふるえがおさまるのを待って一顕は「ごめん」とささやく。

「泣いてる？　きつかった？」

ぼやける一顕をにらみつけた。

「すぐしたいって言っといてこれかよ」

「あ、あー……ごめん？　て言うべき？　そのつもりだったけど、何か、いざとなったらもったいなくて――だから我慢しすぎて今にも爆発しそう」

一顕がじらしていたのは、整じゃなくて自分自身だったらしい。

「バカ」

何だよ、もったいないって。初めてじゃないし、これから何十回も何百回もするだろ。それがもったいないって——分かるよ、バカ。

「や、ああ……っ！」

膝の裏をぐいっと抱え込まれ、一顕の体重で身体がふたつ折りになる。関節の痛みより、ぴったり唇をふさがれた息苦しさより、つながった箇所《かしょ》の愉悦《ゆえつ》がまさった。快感を伝える神経が全部溶けて下半身全体に浸潤《しんじゅん》していく。

「んっ……んん——ん……っ！」

むちゃくちゃに口腔《こうこう》を貪《むさぼ》り合う。互いの無遠慮を、粗野《そや》を、耽溺《たんでき》を競《きそ》うように。

「は……っ」

一顕がわずかに身体を浮かせ、息継ぎみたいなせわしない深呼吸をひとつすると、密着した腰を小刻みに揺らした。

「ああ……あ、っ、あぁ！」

すでに深くつながったところから、身動きも取れない状態で短く強く律動され、くわえこんだところから響く一顕の硬さはダイレクトに整の発情をも膨《ふく》らませる。そのまま何度も内腑《ないふ》を穿《うが》ったかと思えば、今度は上体を起こし、整の膝を立てさせるとその上に両手を置いて深く長い抽挿《ちゅうそう》に切り替えた。

「いや、や、あっ、や——」

さっきまでのずんずんくる力強さはないものの、全長でくまなく往復されると内壁にさあっと細かい快感の泡が浮かぶ。ぶわ、と血管にまで鳥肌が立ちそうだ。男の欲望に割りひらかれ、また閉じる落差についていけず、再び正気が吹っ飛ぶのが怖くて整は懇願《こんがん》する。

「ん──そんな、一気に抜かないで」

「じゃあやめる?」

膝頭《ひざがしら》を撫でながら一顕がからかい混じりに問う。

「や！　だめ……っ」

「どっちだよ」

頭部のくびれがかろうじて引っかかるところまで退《しりぞ》いていたものが、また根元まで突き上げてくる。

「ん、ああっ……‼」

かわいい、とささやかれた。

「半井さん、まじでかわいい」

「いいよ、そういうのは」

ひがむわけじゃないけど、女の子に使う（ものだと整は思っている）睦言《むつごと》を流用されたってこっちはどうしたらいいのか分からない。嬉しくないわけじゃないが、ほかの表現はないのか。

「ですよね」

すねるかと思いきや、ちょっと困ったような笑顔が返ってくる。

「俺も、自分が言われたら微妙な気持ち。んー、でもほかに何て言ったらいいのか分かんないから」

「……しょーがねーな」

一顗の目には、ただ性欲を発散しているだけじゃない歓喜が浮かんでいる。自分の身体で整を満たしていること、あるいは整の身体で自分が満たされていることへの嬉しさなのだと思う。身体の力は、いちばんシンプルな自信や自尊につながるから。

一顗が見つめている自分も、ちゃんと同じ目をしているだろうか。

「……あ、ごめん、いきそ」

「んっ……あ、ああ……！」

けものの一途《いちず》さで激しく前後され、その動きは一顗の頂点でほんの一瞬ぴたりとやみ、直後には間欠泉《かんけつせん》に似た数度の放出が待っている。

「あぁ……」

そそがれきった刺激と安堵で整の性器も弾けた。

「……もっかい、させて」

結合をほどいた一顗が、整をうつ伏せにさせようとする。

「あ――」

弛緩《しかん》していたはずの筋肉がたちまち強張《こわば》り、整は思わず一顗の手を押しとどめた。

「半井さん？」

「あ……っ、と」

さっきまでとは違う動悸《どうき》がする。起き上がって「その体勢はちょっと」と口ごもった。にぶい口調で、一顕にもことの見当はついたらしい。

和章《かずあき》との一件は詳しく話していない。

――ほんとにしたんすか。

――うん。

――そっか……。

やりとりとしてはそれくらいだった。ファミレスの広いテーブルに一顕は肘《ひじ》をつき、うつむいた後ろ頭をざらりと撫でた。その手が自分に触れた時のことを整は夢の中のフィクションのように思った。ごめん、と言いたかったが、たぶん同じ台詞《セリフ》が返ってくるだけだと思って唇を引き結んだ。既成事実を示すものは首すじのうっ血《けつ》だけで、未遂だったと偽《いつわ》ればよかったのかもしれない。でも、これから先、ひょっとすると何年も何十年も嘘をつき通せる自信がなかった。現に今だって、拒むつもりはなかったのに身体が緊張してしまっている。

「あー……」

一顕のほうも、どうリアクションしていいのかとっさには分かりかねるといったようすで視線を泳がせた。

「そっか、あん時、うなじに痕ついてたし――……って何言ってんだ俺。すいません」

「や……あの、あんま深刻に捉えないでほしいんだけど。トラウマとかそういうんじゃなくて、申し訳なくって、何か」

「何が？」

「混ざっちゃう気がして」

「間違えるって意味？」

一顕は眉をひそめた。

「そうじゃなくて——何だろ、お前とのことに、ほかの記憶を混ぜたくないっていうか……俺も何言ってんだか分かんないけど」

「うん……まあ、別に、どうしても後ろからしたいってわけじゃないんで……」

「うん」

そう、ほかにやりようなんていくらでもあるわけで——でも性交の手順を忘れてしまったようにふたりともうつむいて黙り込んだ。

「えー……ちょっと、休憩しましょうか」

敷きっぱなしだったベッドカバーに手をかけてめくり、一顕が提案する。そして、へんな空気にしてごめん、という詫《わ》びを拒《こば》むようにさっさと横になってしまった。だから整もおとなしくならうよりほかになく、広すぎてくっつけもしないベッドに転がると、一顕に背中を向けた。さっきまで気にもならなかった雨音がやたらと耳につく。どうしよう。何でびくついてしまったのかと胸の内に後悔が降りしきる。どうせ佳境《かきょう》になったら忘れられたのに、臆病者。

「……待ってる間、何してたんすか」

いつもどおりの声を出す一顕は優しいと思った。

「テレビ観《み》たり……ちょっとだけ飲んでた」

「バーで？」

「んーん、もう風呂入った後だったから服着るの面倒で。部屋の冷蔵庫のビール開けただけ……」

ビール、でひとつ思い出した。

「コロナだったんだけど、びんに注意書きしてあるの知ってる？」

「何て？」

「『王冠は、ゆっくり、やさしくお開けください』って」

「うそ、知らなかった。親切つーか……」

「押しつけがましいだろ」

「……まあ、そう取れなくもないすね」

一顕が身じろぐたび、糊《のり》の効きすぎたシーツに波のひだができるのを肌で感じる。見えなくても、ひとりじゃないのが分かる。

「初めて見た時は、うるせえよって腹立った。何でビールごときにこっちがそんな、気ぃ遣わなきゃいけないんだよって」

「開ける人間への気遣いでしょ」

「そうなんだけど……でもゆうべは、むかつかなかった。そっか、そうだよなって」

「うん」

「それは、萩原《はぎわら》を待ってたからで、そのうちお前が来るって思ってたから、ちょっと俺は、寛容っていうか優しい気持ちで――」

そっか、いない時にも「いる」んだな、もうお前は。

と思ったら、それだけで涙がぽろっとこぼれてしまったのは我ながらびっくりした。おまけに軽くしゃくり上げた音を一顕は耳聡《みみざと》く聞きつけて半身を起こす。

「え、なに？　泣いてんすか？　何で？」

ごまかせないならいいや。振り返ると、その拍子《ひょうし》に塩水がこめかみから耳まで流れてつめたかった。

「好きだよ」

と言った。

「俺、お前のこと好きなんだ」

「え、うん」

整の情緒の変動にまだついてこられないのか、喜びよりは困惑をあらわに「ありがとう」と答えた。

「俺も好きです」

模範解答は、むしろ整をむしゃくしゃさせた。むしゃくしゃというのか、一顕を、両手の間でくしゃくしゃに丸めてしまいたいような衝動だった。まあたぶん、世間一般的には「癇《かん》の虫」と呼ばれているたぐいの。

「嘘だ……」

「何で」

「嘘っていうか、嘘じゃないけど、違う、重みが」

「どーゆー意味？」

「だって萩原は何でもできるじゃん。ちょっと早く起きたら『デートしよう』とかさらっと言える男だよ。それと、俺みたいに、誕生日もぐだぐだにしちゃうダメな人間が必死で絞《しぼ》り出してる『好き』がおんなじなわけないだろ」

「……俺のほうが重いってこと？」

「逆だ逆」

結構な言い草だが、一顕は本気で相手にしてはいけないと思っているに違いない、「何言ってんだか」と呆れ顔でいなして床に足を下ろした。

どこかに行ってしまう。とっさに手首を掴むと、「ティッシュ取ってくるだけすよ」と頬をぺちぺち叩いてなだめる。

「びくびくするぐらいなら言わなきゃいいのに」

「勝手に口から出ちゃうんだからしょうがないだろ」

「なにその俺様な言い訳」

一顕は笑って、洗面所からティッシュを持ってくると目元を拭《ぬぐ》ってくれた。多少すっきりすると、たちまち駄々っ子じみた言動が恥ずかしくなり、整は「ごめん」と再びそっぽを向いた。

「別に謝ることじゃないでしょ」

「だって……」

「あー、だめだめ、そこで余計なこと考えちゃダメ。あんたまた泣くでしょ」

「好きだよ」

「……分かってるよ」

整の髪やむき出しの肩に背後からキスを落とすと、そっと耳を噛んだ。

「ん……」

整が肩をすくめて逃れようとしても許さず、不規則な隆起《りゅうき》を舌先でつつき、息を吹きかける。

「や……」

「この向きも怖い？」

「……大丈夫——あっ……！」

まだやわらかく、そして一顕の粘液《ねんえき》を内包《ないほう》したところに指が潜《もぐ》った。

「じゃあやらせて」

その言葉に応じるように内壁《ないへき》は一顕の指をすすってみせる。

「あ、ぁ……」

「別に後ろからしなくたって死なないけど、この先選択肢がいっこ減ったままだと思うと、それもやだ」

「でも――」

「混ざってもいいじゃん。どうやったって、なかったことになんてできないし。今、現実に傍にいるのは俺なんだから、それぐらい何だよ。俺だって、悔しかったり、嫉妬したり、いろいろ、げすいこと想像したりしちゃうけど耐えてんだから、半井さんも耐えてよ」

わざと乱暴に言い放ったのは、整のためだと分かる。

「うん」

片脚を大きく抱え上げ、一顆が入ってくる。

「あ――あ、あっ」

「……急に泣かれたから、興奮しちゃったじゃん。せっかく収まってたのに」

「ん、あ、っ」

じりじりと隘路《あいろ》を進んでくる熱に、「ゆっくり、やさしく」という言葉を思い出していた。

あっけないほどすんなりと呑み込んだそこは、すぐに性感を思い出したのか独自のリズムで呼吸し、一顆を締め上げる。

「あ、きつ……きもちー」

「ん、あぁ、俺も、っ」

「ほんと？」

「うん……っ」

腰全体をたわませるような動きで背後から挿入され、なかにある精液と一緒くたにかき回されると腹の下でぬちゃぬちゃいやらしい音がする。

奥を探られるたび、下腹部から胸にざわりと発情が駆け上がり、その余韻《よいん》が消える前にまた律動《りつどう》で刺激され、ひっきりなしの快感に悶《もだ》えた。

「やっ、あ、いや——いい……っ」

「いやとかいいとか、忙しいね」

「だっ、て、あぁ、あっ！」

多少浅くはなったものの、つながったままで器用に体位を変えられた。うつ伏せで下半身を突きだし、枕にすがる。反《そ》り返った性器で貫《つらぬ》かれ、背中がしなった。

「あっ、あっ、あ——」

あの夜のことがよぎらない、わけはない。夜から続いた別れの朝も。でも過ぎた嵐、終わった時間。傍にいるのは萩原、と繰り返し自分に言い聞かせた。一顕がきっと、そうしているように。

手のひらのつけねで背骨のラインをすうっと逆撫でられるだけで上半身まで砕《くだ》けてしまう。触れられたところから肉も骨も、細かな粒子《りゅうし》に変容《へんよう》して拡散してしまう。このまま、何も残さず、気持ちいいままで消滅できたらいっそ幸せだろうとすら思った。

その考えを咎《とが》めるように一顕の手は前面に回り、布にこすれて腫《は》れる乳首をきつく摘《つま》んだ。

「やっ！」

「ねえ、やっぱり謝って」

「ん……っ、え？」

「さっきの、『好き』の重さが違うっていうの。やっぱ納得いかないし、むかつくから謝って」

「あ――っや、あ、ああ……っ！」

そりゃ、悪かったし謝るけど、こんなに激しく揺さぶられたらしゃべれない。

「ほら、早く」

「ああ……あ、や――っ」

ごく短い爪は、それでもちいさな突起《とっき》にちゃんと食い込み、痛みと快感の端境《はざかい》で整を翻弄《ほんろう》する。

「謝りたくないって？」

違う、バカ。分かってるくせに。身体の奥底に繰り返しもたらされる性感が声帯や舌まで麻痺《まひ》させて、途切れ途切れの喘《あえ》ぎしか出てこない。はしたなく興奮してかたちを変えた性器からぽたぽた先走りが落ち、シーツにしみを作った。くわえたものを貪欲《どんよく》に絞《しぼ》り上げれば、よりいっそうの硬直で交尾を深くされてしまう。

「あぁっ！」

「……こっちも、真っ赤だ。いっぱいにひらいてる」

交接《こうせつ》のきわを指先で半周ぶんなぞられ、結合と男の視線を意識して耐えがたく恥ずかしいのに、過敏にひくついてしまう。

「痛い？」

一顕はようやく動きを止め、整に折り重なって尋ねた。枕に半ば没した頭を力なく左右に振るのが精いっぱいだ。

「い……たく、ない……っ、ごめん」

やっと言えた。そこまで本気で要求されているわけじゃないと分かってはいたが、責任を果たしたような安堵が込み上げてきて本日のやわな涙腺《るいせん》はまたゆるんだ。一顕が手の甲で頬を撫でる。

「……ごめん、いじめすぎた」

「あ……っ」

えりあしのすこし下、記憶にあるつきりとした痛み。唇で、新しいしるしを刻まれる。


シャワーを浴びてすこし眠ったら、もう夜明けが近い。開けっ放しだったカーテンの向こうは朝陽の予感に透き通った紺色だった。密室のちいさな嵐とともに台風もどこかに行ってしまったのだろうか。

疲れ切っていたのに、ふたりしてこうも早く目が覚めてしまったのは空腹という実に深刻な事態のためだった。

「朝めし、何時からでしたっけ」

「六時半」

「あともうちょい……チェックアウトは？」

「十二時。食べたら爆睡コースかな」

「昼起きれるかが不安すね」

「あ、俺きょうフォー食べよ。こないだ、腹いっぱいで入んなかったから」

あとスモークサーモンと、卵料理はエッグベネディクト……とブレックファーストのプランを立てていると、一顕がえらく楽しげに整を見ている。

「何だよ」

「や、半井さんってセックスしたあと、分かりやすく食欲出すから。ふだんあんま食べないのに」

「あんまって、外歩き回ってる萩原とおんなじだけ食ってたらやばいだろ」

「そりゃそうですけど……だから、半井さんが腹空《す》かしてるの見んの、好きなんです」

心底嬉しそうな表情がむしょうに恥ずかしく、顔をそむけて寝返りを打つ。

「半井さん？」

「……寝る」

「三十分もないすよ。俺、オープンしたらすぐ行きたいんすけど」

「分かってるよ」

眠れるわけない、こんなに鼓動が速いのに。また、新しい雨。新しい嵐。一顕が連れてくる。胸の中だけのひそやかな。

ハートがかえらない

[mellowrain] Heartgakaeranai

いつ読んでも、十二月の忙しなくそわそわした、
でもちょっと楽しみなような、そんな気分になってもらえるといいな。
確か表紙が先にできて、
「スティフナー」を竹美家先生に教えていただいて小説に入れました。

by Michi Ichiho

咥えているのは件の銀製カラースティフナー（カラーキーパー）です。
英国製、ふんわりブランド名も入ってます。
この辺はもういつも自己満足の世界で、
そして大概いつもとても（それによる大遅刻を）反省しています…。

by Lala Takemiya

「鳩《はと》の首色のマフラーが欲しくなる時がある」

と整《せい》が言った。一顕《かずあき》のマンションに近い、川沿いの遊歩道を並んで歩いている時だった。手すりには鳩が何羽か止まっているので、それを見てつぶやいたのだろう。

「鳩の首って何色？　紫？　灰色？　緑？　青？」

「敢《あ》えて言うなら玉虫色？　光の加減で見え方が違うじゃん」

「そんな派手なの巻きたいんすか？　似合わないと思いますよ」

はっきり言うと、整はちょっと不満そうな顔をした。

「この時季になると、鳥がふかふかしてるだろ。そんで、自分の首の羽根に埋《う》まって暖《だん》取ってるだろ、ふーって感じに目細めてさ。あれを見るといつもうらやましい」

「それ、マフラー欲しいとかそういう話と全然別じゃないすか」

でも確かに、冬場の、着膨《きぶく》れたようにころころしたすずめを見たりすると便利でいいなと思わないでもない。

「クリスマスプレゼントにしましょうか」

「いーよ、似合わないんだろ。ていうか売ってないと思う——あ、見て、あれ」

川面《かわも》にゆらゆら遊んでいる（ように見えた）鴨《かも》の群れの中の一羽がくにゃっと首を曲げて音もなく水中に没した。にぶい緑色の川は透明度が低くてすぐに姿を見失う。

「魚獲《と》ってんのかな」

「さあ」

ふたりして手すりに寄りかかると、休んでいた鳩は物憂《ものう》げに飛び立つ。あ、ごめん、と整が軽く謝った。

「どこらへんから出てくると思う?」

「うーん、じゃあああのへん」

一群からそう遠くない場所を適当に指す。水面が動くのを待ったが、一向にその気配がない。仲間の鳥は知らん顔で漂うばかりだ。

「……水鳥も溺《おぼ》れるのかな」

「ないでしょ」

と答えたものの、つい軽く身を乗り出す。

「あっ」

潜《もぐ》った地点から百メートル近くも離れたところから出てきて、もう一度浮上を試《こころ》みるようにばしゃばしゃ水をかいたが、急にすっと羽根をおさめ、お風呂のおもちゃと同じかたちに落ち着いた。

「おお、すげえ」

ほのぼのと見えてもそこは野生動物、人間の基準で能力値を測《はか》ってはいけない、と感心したのだが、生ハンティングを期待していたらしい整は、何もくわえていない鴨に「何がしたかったんだお前は?」と理不尽な文句をつけている。

「……何だよ」

声は出さなかったのだけれど、笑っているのが伝わったようだ。

「や……半井《なからい》さんて動物に素で話しかけるからおもしろいなーって」

「してないよ」

「いや、してるじゃん。さっきも今も。猫見かけても『何してんの』とか普通に言うし」

さりとて動物大好きというわけでもなく、たぶん本気で交信を図《はか》っているわけでもなく、淡々としゃべる。

「すごい痛いやつみたいに言うなよ」

「痛くないすよ、おもしろい。縁側《えんがわ》で猫と会話してるじーちゃんを痛いと思う人はいないでしょ」

そのたとえはますます整の機嫌を損《そこ》ねたらしい。

「萩原《はぎわら》年末調整早く出せよ」

「それ今関係あります？　てかまだ保険会社からはがき来てないし」

「営業部の連中は毎年遅いから今言っとく」

「忙しいんすよー十二月は」

「誰だって忙しい」

「えー」

左右に、かすかに振れるように歩く（特に目的がない時の、整の歩き方）後ろ姿を見ながら、そうかもうすぐ十二月だ、と思う。きっともっと陽射しはつめたく透き通り、目が開けられないくらいに濁《にご》った川を光らせるだろう。


待ち合わせ場所で三人落ち合うと、一顕が「ちょっとすいません」と片手を上げた。

「あれ、買ってきていいすか」

指差した先は、銀行の横でちょこんと営業している宝くじ売り場だ。

「あ、どうぞ」と平岩《ひらいわ》が頷く。

「思い出した時に買っとかないと忘れちゃうんで——すぐ戻ります」

数人の列に連なる一顕を見て平岩が「萩原さんて宝くじ好きなの？」と訊く。

「さあ、聞いたことないけど。わざわざ並ぶからにはそうなんじゃない」

すぐ戻ってきた一顕の手にはけっこうぶ厚い束があって、ふたりで驚いた。

「お前、何枚買ったの？」

「百枚」

「夢見すぎだろ」

「俺じゃないすよ、いや俺の金も入ってるけど」

営業部で毎年共同購入しているぶん、と店に入ってから一顚は説明した。

「今年俺が買う当番だったんで。人の金預かってんのって居心地悪いから早く買いたかったんすよ」

「共同購入ってまたそんな、争いの種になるようなことを」

万が一の時、人間関係が破壊されそうじゃないか。

「いや別に当たんないし……とか言ってておとし当たったんですよね、十万円」

「おー、すごいじゃないすか。山分けですか?」

平岩の問いに、いやそれが、と苦笑する。

「飲み会の資金にしようかって言ってたんですけど、課長が『守りに入るな!』って、結局次のサマージャンボに全部突っ込みました」

「それで?」

「惨敗《ざんぱい》」

「もったいねー……」

「百万なら反対意見も出たと思うけど、ま、いっかみたいな」

「そういえば」

スペアリブを熱心にかじっていた平岩が口を開いた。

「俺、半井と初めて口きいたの、宝くじきっかけだった」

「え、全然覚えてない」

「何でお前はそうナチュラルに薄情なの？」

記憶にないものは仕方がないじゃないか。

「どんな話したんすか？」

「えっとねえ、一年で、語学のクラス一緒だった。そんで皆でめし食おうってなった時に、ちょうどさっきみたく、待ち合わせ場所に俺と半井だけいたんすよ。それまでしゃべったことなかったし、ほら、こいつってあんまフレンドリーな雰囲気じゃないから、ちょっと気まずいな、早く誰か来ないかなーってそわそわしてて」

指についたソースをナプキンで拭《ぬぐ》いながら、友人の顔は楽しげにほころんだ。

「で、半井がじーっと宝くじ売り場見るから、買うのかなって思ってたら、急に俺のほう向いて『あの小屋にいるお姉さんが、当たりくじ手渡した瞬間にピシャッ！ってシャッター閉めて逃げたらどうなるのかな?』とか真顔で言うんですよ」

「小屋て」

と一顕も吹き出した。

「何こいつ、涼しい顔してそんなことずっと考えてたの?って思ったらすげーおもしろくなっちゃって『三億円当たったらどうする?』って訊いたら、めんどくさそーに『毎日エビアンの風呂入るとか?』だって」

「ぽい。半井さんぽい」

「言ったかなー……」

「萩原さんなら三億当たったらどうする？　会社辞めちゃう？」

「かもしんない。一億なら辞めないけど。それで、軽めのバイトしながら生活レベルは変えず普通に暮らすかな。タクシー気軽に乗るぐらいで」

「夢がないけどそんなもんですよねー」

「大人になると、欲しいもんもそんなになくない？」

と整は言った。

「ないってことはないんだけど、高級車とかマンションでもない限り、普通に買えちゃうじゃん。ボーナス待とうかな、って感じで」

「独身だからだろ」

「んー、そうじゃなくて、子どもの頃ってとにかくいろんなものが欲しくて、特に十二月なんか、世界中がきらきらして見えた」

「そりゃやっぱ、自分で金稼《かせ》げないからでしょ」と、一顕。

「そーそ。手段がないと目的もすばらしいものに見える」

ちょっと一件連絡、と一顕が席を外した後、からかう口調で平岩が尋ねた。

「半井、この店は覚えてる？」

「覚えてるよ」

平岩と再会した店だ――一顕と一緒にいる時に。

「平岩もよく名刺なんか預けようと思ったよな。怪しまなかった?」

「そりゃ最初は面食らったけど、萩原さんも名刺見せてちゃんと身元明かしてくれたし、おかしな人間じゃなさそうだって判断したから。俺、人を見る目はけっこう確かなんだよ」

「自分で言う?」

「ほかに誰も言ってくんないから」

「それ、確かじゃないんだよ」

「あっれー……まあいいや。お前の同僚って聞いた時は、何かすごいへんな感じしたよ。半井がサラリーマン?って。そんで、ああ、時間経ったなあ、大学生だったのってもう昔なんだなあってしみじみして……俺は働いてる半井を知らないけどこの人は知ってて、何でか一生懸命ぽくて、だから、お前が無愛想だけどぽろっとおもしろいのとか、律儀《りちぎ》なのとか、そういういいとこをちゃんと分かってくれてんだろうな、と思って嬉しくなった」

「親かよ……」

あまりに照れくさくて顔を背《そむ》けてしまった。友達と、友達じゃない男の両方に大事にしてもらっているので。子どもはてらいなく愛されることができるけど、大人になると「大切にされる」のは気恥ずかしい。

気恥ずかしい、ということは、その得難《えがた》い価値をもう分かっている、ということだ。

「すいません」

一顕が戻ってくると「ちょっと会社戻らないといけなくなりました」と言う。

「トラブル？」

「在庫の手配にミスあったらしくて。平岩さんすいません、また埋め合わせさせてください」

「いやいや、大変すね、頑張って」

「はい、じゃあ」

「俺もそこまで行ってくる。平岩、ちょっとひとりで飲んでて」

「はいはい」

一顕について店の外に出ると「どしたんすか」と言われた。

「いやどうもしないけど。え、なに、悪いの？」

「いいけど」

こいつ時々、怒りを覚えるほど鈍《にぶ》いな。一顕はコートのポケットに手を突っ込んで宝くじの重みを確かめている。

「宝くじ買うと、窓口の人が『当たりますように』って言ってくれるでしょ」

「そうなの？　買ったことないから知らなかった」

「俺、それ言われるたび軽くうろたえるんすよ。恥ずかしいっていうか、いや、そんなに本気で買ってませんからみたいな。後ろに誰か並んでると特に、言い訳したくなる」

「いやなんだ」

「んー、でもちょっと嬉しい。決まり文句でも、お祈りしてくれてる感じが」

「そんなんでいいんなら俺だっていくらでも言ってやるよ。何祈る？」

「うーん、じゃあ年内の数字達成できますように」

「つまんね」

「切実なんだって——ここでタクシー拾うから」

「うん」

車通りの多い交差点に出て、それでもまだ隣で立っていると優しい声で「戻んないと」と言われてしまった。

「平岩さんひとりで飲ませてたらかわいそう」

「分かってるよ」

「また今度」

でも、一顕は仕事納めの日まで土日もずっと忙しく、飲みに出られるのはきょうだけだった。整はカレンダー通りの休みなので、部屋に行って待っていれば会えはするけれど。

「……道端だしな」

整の手を一度、こっそり軽く握って別れのあいさつにし、一顕はタクシーに乗り込んで行った。そんな温度は一瞬で消えてしまう。車を見送る。通りの街路樹は残らず電飾を巻きつけられて光っている。ＬＥＤって言っときゃ何でもビカビカさせて許されると思いやがって、と誰にともなく内心で悪《あく》態《たい》をついた。

目を細めると、イルミネーションは雨の晩の濡れた路面にぼんわり浮かぶ街灯《まちあか》りとよく似ている。

子どもの頃は、欲しいものがたくさんあった。

大人になるとそうでもなくなり、その後はたったひとつのないものねだりに駄々をこねてもがいた。

今は、どうしたらいいのかな、と思っている。

手に入れても入れても欲しいっていうのは、どうしたらいいのやら。

量販店の売り場で、閉店後のディスプレイ作業を手伝った。ＰＯＰや看板を置き、壁面に百インチのテレビを設置する。技術屋ではないものの、就職してから配線関係にはだいぶ詳しくなったので、エアコンくらいなら道具さえあれば自力で何とかできる。

「こんな感じでどうですか？　曲がってません？」

「おーばっちり、お疲れっすー」

「萩原さん、ちょっとあっちで飲もうよ」

「え、いいんですか?」

「いいいい」

ホームシアターを模した展示スペースのソファにどっかり掛けて、店の担当者がコンビニで買ってきた缶ビールを開ける。もちろん本来は、お客さまに映画館クオリティの音と映像を体感していただくためのエリアでございます。

「あ、俺きょう烏龍茶《ウーロン》でいいや。萩原くんは気にせず飲んで」

「身体の具合でも悪いんですか?」

いつもよく飲んでいたのを知っているのでふしぎに思って尋ねると「きょう帰ったらやんなきゃだからさー」という答えが返ってきた。

「前回、忘れてて酔っ払っちゃって、嫁の切れ方半端なかった」

……ああ、なるほど。

仕事上のおつき合いの相手だし、一顕はあまりその種の話題に触れたくないので「そうですか」と軽く受け止めるに留めたがもうひとりは「これからまだ仕事残ってんのに帰って嫁抱くってきつくないすか」ときわどい発言をする。

「きついきつい。眠らせてくれよって思うけど、まー向こうも好きで誘ってんじゃないからねー、もうお互い作業。決まった手順で、はい、はい、はい、終了!みたいな」

「分かる分かる」

独身者としてはこういう時、どう絡んでいくのが正解なのか分からない。へたに口挟むと事故りそうでやなんだよな。

「もう俺、グッズの力借りますからね、普通に。単三電池二本で。振動大事」

「嫁怒んない？」

「短い手間で確実にいけるんだから向こうも楽でしょ。年食うとやっぱ身体のほうはね、コンディションにむちゃくちゃ波が出てくるじゃないすか」

「分かる分かる。何かさー、勃《た》たない時って何で謝っちゃうかな」

「『ごめんきょう無理みたい』って」

「そう。俺の落ち度じゃないよね、別にね。心意気だけじゃどうにもならないんだから」

何この身も蓋《ふた》もない会話。夫婦生活って言うくらいだからそれはもう日常と分離できない行いで、ときめきだのムードだの重視してる場合じゃなく、それゆえの便利さも気楽さもあると思う。だから別に悪くないけど、胸にしまっててくれ――……でも言いたいんだよな、たまらなく、叫び出したい気持ちの時もあるんだよな。分かるがゆえにつらい。

「萩原くんはいいよねー」

突然サイコロがこっちに転がってきたので、ごくりと苦いビールを飲み込む。

「何がですか？」

「独身だし若いしさ、今がいちばんいい時期」

「そう、研究とか創意工夫する余地があるもん」

「いやいや……」

「こういう、爽《さわ》やかないい男に限ってえげつないことしてるんだよなー」

いったいそれはどこ調べのデータ？と思いながら愛想笑いで詮索をかわし、へとへとになって帰宅してから整に電話した。

「男が男にああいうこと言うのがセクハラにならない理由が分からない」

『訴えりゃ成立するんじゃねーの』

あけすけな性事情の暴露をコミュニケーションの有効ツールだと思い込んでいる男は一定存在するので、普段はああまたかと一分で忘れるように努めているのだが、師走《しわす》の疲労が蓄積されているらしくものすごく精神を消耗してしまった。

『女も女のどぎつい話とか聞かされてんじゃない？』

「それもつらいなー。……てか半井さん、どこでしゃべってる？」

いつもと違って声が膨《ふく》らんで聞こえる。

『あ、分かる？　風呂場』

「防水だっけ」

『いや、スピーカー買って。ていうか買わされて。Bluetoothで、通話もできるやつ』

ボーナス時期になると、各種製品の社販用パンフレットが配布される。要は還元しろということだ。

『引っ越しん時一式買ってもう当分何にもいらねーよって思ってたんだけど、係長がねちねち言ってくんの。社の一員としての自覚がないとか。いつもなら無視るけど忙しかったから、買ってやるし黙れよ的な』

「でもそんな高くないでしょ」

『五千円ぐらい』

「ていうか」

『うん？』

「今、裸なんだ」

『そこに食いつくか』

整はすこし笑い、ぱちゃぱちゃ水音を立てて聞かせる。

「あ、どきどきする。どっから洗うの？」

『もう洗ったって』

服も脱がず行儀悪くベッドに転がるほどには疲れているのに、電話の向こうの身体のことならたぶん本人よりもよく知っているほどなのに、嘘じゃなくどきどきした。

あーよかった、ちゃんとときめいてる。よそはよそ、うちはうち。

やむを得ず致します、という状況が訪れないとは限らないけれど、それでも、こんな気持ちになる瞬間があったことは覚えていられるだろうに。

「……セックスしたいな」

シンプルな要望に「うん、俺も」というシンプルな同意が返ってきて、一顕はそれが何より嬉しい。


あ、大事なこと思い出した。

「萩原、頼みがあるんだけど」

「ん？」

「今度、総務で飲み会しなきゃいけないんだよ。いい店知ってたら教えて」

「忘年会してなかった？」

「今期中に使い切らなきゃいけない予算があるんだって。二次会とかしないし、さらっとアリバイ作りだけの飲み会なんだけど、俺幹事になっちゃった」

顎《あご》の下でさわさわ動く頭に向かって説明したが、返事がない。

「聞いてる？」

「聞いてる聞いてる。日時と大体の人数教えてくれたら俺が予約までしときますよ」

「いやそれは悪いから自分でするし――……あ、こら」

お互いに日付をまたいだ残業の真っ最中――の休憩中で、ちょっといちゃついて戻るはずが、立ったままネクタイを緩《ゆる》められ、ボタンをふたつ外され、首すじだの鎖骨《さこつ》だのに吸いつかれてる真っ最中。

「ん……」

無人を確認ずみのフロア、行き止まりのリフレッシュスペースで、人の接近はすぐ分かるし――と思っていると、さっそく曲がり角の奥でセンサーの照明がついた。

「誰かくる」

取り急ぎ一顕を引き剝《は》がしてボタンを留め直す、と姿を現したのは総務の先輩社員だった。

「あっれー、半井くんがさぼってる～」

「どうしたんですか、わざわざこんなとこまで」

「ここの自販機にしかはちみつレモン売ってないんだもん」

彼女が財布を開けようとするのを制して、一顕が百円玉を投入した。

「あったかいほうですか？」

「うん。でもいいの？」

「ちょうど小銭で財布重かったんで。その代わり、俺もさぼってたこと営業には黙っててくださいね」

「オッケー、交渉成立ね。ごちそうになります」

うまいなー、と整は感心する。こういうちょっとした場面で、一顕は身体が勝手に動いているみたいにさらりと優しい。それでいて誤解させるような空気も作らないし。

「組合もまだ交渉やってるよ。粘《ねば》るねー」

「妥結《だけつ》してないんですか」

「このぶんだとボーナス越年《えつねん》の危機」

「え、その場合年末調整は？」

「んーとねー、十年ぐらい前にもあったんだよ。たぶん、仮払いで一律三十万とかくれて、残りは来年。でもそれだとさ、足りない人がいるでしょう、ローンの支払いとか。だから臨時貸出し窓口作って対応かな。あす以降、経理と相談しないと」

「あーまた仕事が増えた……」

「クリスマスつぶれちゃうかもね」

「それは別にいいんですけど」

どうせ一顕も遅いだろうし。

「大人になるとクリスマスなんか別にいいわってなるよね。うちはまあ、子どもがいるからそうもいかないけど」

「プレゼントもう買いました？」

と一顕が尋ねる。

「子どもって言っても高校生だし、ものよりはお小遣いかな。本人は未《いま》だにお父さんっ子だから、パパと買い物行きたいとか言うけど、夫がいやがるのよ」

「何でそんなぜいたくな」

「ほら、怪しい商売の子と歩いてるって白い目で見られるんじゃないかって。ＪＫお散歩だっけ？　そういうの」

「いや考えすぎでしょ」

「そうかなー。ていうか男って分かんないわー、私、男子高校生とどうこうしたいとか全然思わない。しかも、お金払うんだったらもっといろんなことしてくれるお店がいくらでもあるわけじゃない？　何でお散歩なの、っていう」

「そりゃ、お散歩きっかけにタダか格安でもっとすごいことさせてもらえるかもしれないって思うからじゃないすか。素人《しろうと》だと、そういうガードも甘そうだし」

「えー、じゃあいやらしいのは抜きで、純粋にほのぼのとお散歩を楽しみたい男は存在しないってこと？」

いや、と整が異議を唱《とな》えようとしたら一顕が先んじた。

「やらしい期待せず金で散歩だけしたいって、そっちの感情のほうが汚いと思いますよ」

「うん、汚い。いやだ。ちっとも純粋じゃない」

整も同意する。

「そうなの？　うーん、ほんと分かんないな、男心は」

「男心っていうか、俺たちはそう思うってだけで」

「ふーん……じゃあ君たち、気が合うのね。全然キャラ違うっぽいから、ふしぎだったんだけど」

「まあ、合うっちゃ合うかな」

限られたジャンルにおいては。

互いにしか分からない視線をかわす。


年末は、どうにか二十九日で切り上げられそうだった。その旨《むね》を実家にメールしたらすぐ電話がかかってきて、いつ帰ってくるの、と言う。

「んー……じゃあ三十日。そんで三泊ぐらいする」

『じゃあって何よじゃあって』

「あ、もう家着いたから切る。おやすみ」

しぜんにため息が出てしまう。久しぶりに地元の友達と会うのは楽しみだけど、実家ではどうせやいやい言われるのだ。

何であんた別れちゃったの、と。

父親からは、そっとしておいてやれという気遣いを感じるのだが、母親のほうは一切のちゅうちょなく突っ込んでくる。あんないいお嬢さんだったのに、責任取る気がないんなら最初っから同棲《どうせい》なんてしなきゃいいのよ、先方に申し訳ない……そしてその後は「で、どうすんの？」と続くに決まっている。

――もし、ほかに好きな子ができたんならそれはしょうがないわよ、でもだったらさっさとうちに連れてきなさい。今度は籍《せき》も入れずに同棲なんか絶対させないからね。

「うぜー……」

エレベーターで独り言が洩れてしまった。はいはいといなし続けたとして、何年経ったら親は察して、というか諦めてくれるのだろうか。この子は家庭を持つ気がないんだわ、ちっとも分からないし訊けもしないけれど――という腫《は》れ物として。

腹をくくって整を紹介する覚悟ならもちろんあるけれど、向こうはそれを望んでいないと思うし。

――……あ。

駄目だ、疲れすぎて心がすさんでる。ほんの一瞬だけど、あの人は誰にも取り繕《とつくろ》ったりしなくていいんだよな、という考えが浮かんでしまった。魔が差したってやつか。

両親がいないから、なんて。

最低、とゴンドラの壁に一回頭突《ずつ》きして降り、家の鍵を開けると整の靴があった。

「おかえり」

「……ただいま」

ついさっきまでの後ろめたさでどきりとし、声が沈む。整は気にせず「つらそうだな、風呂入る？」と言ってくれた。

「うん」

入ってほしい、というようなニュアンスを感じたのですぐ着替えを出してそのまま風呂場に行く。

「——わっ」

扉を開けたら、湯船がいちめん鮮やかに黄色かった。ぼこぼこと、丸いものが浮いている。

「何かすごいんだけど」

声をかけると整が顔を覗かせて「冬至《とうじ》だから」と笑う。

「あ、きょうか」

「完全に忘れてただろ」

「いやそれにしても、俺が浸《つ》かるスペースないでしょこれじゃ。やりすぎ」

「ニュースで見たカピバラもこんくらい浮かべてもらってたよ」

何で一緒にするかな。

「半井さんも入る？」

「いや、さすがに決壊《けっかい》しそうだから。それに疲れてんだろ、ひとりでゆっくり入ったほうがいいよ」

「……ありがとう」

黒い物思いをこそげ落とすように全身ごしごし洗い、柚子《ゆず》の群れにお邪魔しますといったてていで浴《よく》槽《そう》に浸《つ》かると柑橘の香りが頭の中にまで充満し、とろりと目を閉じてさっきとは違う息を吐いた。

ほっとする。目の粗《あら》い柚子の肌にぷつぷつあいた穴からいっせいに芳香が漂《ただよ》い出している。その粒《りゅう》子《し》が目に見えたら、海中で卵を放散する珊瑚《さんご》みたいだろうと思う。

全身がふやふやになるまで湯の中で脱力し、風呂上がりはビールを飲みながら頭を乾かしてもらった。一顕が床に座り、整がソファにかけて後ろからドライヤーを動かす。

「何ここ天国？」

「やっすい天国だな。あ、後で冷蔵庫見て。いろいろ入ってるから」

「ケーキ？」

「ユンケルとか胃腸薬とかウコン」

「あーありがたいっすー、ケーキよりよっぽど」

「だろ」

整は指で髪をかき上げ、くまなく温風を当てる。奉仕《ほうし》してもらっている、というよりはグルーミングに近い気がするがとにかく気持ちいい。

「半井さん」

「うん？」

「年末年始ってどうすんの」

「家でテレビ見てる。録《と》り溜めたドラマ全然消化してないし、テレビジョンも買って準備万端《ばんたん》」

そうかこの人、テレビ大好きだったよ。

「平岩さんボード行くとか言ってなかった？」

「一応誘われはしたけど、寒い時に寒いとこ行きたくない」

大体予想どおりの答えだった。

「萩原は実家帰るんだろ？」

「うん」

「親孝行すんの？」

「こないだよかれと思って『皇潤《こうじゅん》』送ったらお袋がぶち切れたから、余計なことはしない」

大笑いされた。

「お母さんって何歳？」

「五十四」

「そりゃ怒るだろ」

「そうすか？　だって肩痛い腰痛い年取ったってしょっちゅうこぼすから」

「萩原って、そういうの絶対外さないイメージあんのに、何でよりにもよって母親にそれなの？」

「ウケ狙いのつもりがあったのは否《いな》めないけど、まさかのマジギレだった」

「ばっかだなー……はい、おしまい」

すっかり乾いた髪を手で軽く撫でつけると、整は短いそこに鼻先をぐりぐり突っ込んで「ほこほこしてる」と嬉しそうにつぶやいた。犬か俺は、と言おうとしたけど、大あくびが出てしまった。

「すっごい柚子の匂いする。寝よっか。泊まってってていい？」

「当たり前」

ベッドの中も布団乾燥機でふかふかに暖められていて、体温になじむまで身体を丸めて耐える必要はなかった。しかし快適すぎて眠気に下心が負ける。

「半井さん、したいよー……」

「でも半分目閉じてんじゃん」

「ユンケル取ってきて」

頭はセックスしたくても、首から下はシーツと融合《ゆうごう》してしまって動かない。

「バカ、やめとけって。そういうつもりで買ってきたんじゃないし」

「悲しい……」

本気でこぼすと整の唇が上からかぶさってきた。

「萩原、きょうはでっかい犬みたい」

やっぱりそう思われてましたか。整はきゅっと一回、鼻をつまんでから「最近、自分で抜いてる？」と尋ねる。

「……してない、二週間ぐらい。こないだ、しようと思ってたけど結局パンツに手突っ込んだまま寝てたし」

「あるある」

まだほかほかやわらかい前髪を軽く梳《す》くと整は上体を起こし、一顕の脚のほうへと移動する。

「じっくりいきたい？　さくっといきたい？」

「……さくっとで」

「了解」

スウェットが下着ごと、身体を動かさなくてもいい程度にずらされ、そこに整の手が伸びる。

「は――」

こんなに眠くて、今にも落ちそうなのに触れられただけで率直に息づくのが分かった。自分の一部であってそうじゃないみたいに、もうろうとした神経の中でその一点だけクリアな感覚が生きている。疲れている時にやたらと性欲が覚醒するのは本能とはいえ、男の身体って間抜けだと思う。

でも、同じ構造を持つ整は、手の中で硬くなった性器を撫でて「かわいい」と言った。

「超素直」

さくっとコースの割に優しくゆるやかにそこを擦るから快感というよりふわふわした浮遊感があって、あーまた寝落ちするかも、でもそれも悪くないな、などとぼんやり思っていたが、口の中に含まれて唇の圧がかかると、腰が一瞬跳ねた。

「うっ……」

どんどん深く包まれていくのが、分かる。性器の中心を貫《つらぬ》く管《くだ》が、その都度《つど》太くなってわなないているのも。

「あ、いく、まじですぐいく……っ」

もう、長く保《も》たせる見栄も張れない。いいよ、とくぐもった答えが返ってくる。なめらかに締め上げられたまま上下されると本当にすぐ達してしまった。整の喉奥《のどおく》に向かって、それは勢いよく。

「あ……」

「はい、お疲れ」

本日ぶんの体力がちょうどゼロになった感じで、もはや身じろぎもできない。整は吐精《とせい》したものをきれいに拭《ぬぐ》って洗面所で口をゆすいでから、隣に潜り込んできた。

「気持ちよかった?」

「ん」

ありがとうございます、とあやふやな滑舌《かつぜつ》で言うとちゃんと聞き取れたらしく「どういたしまして」と身体をくっつけた。温かい。

翌日の深夜帰宅した時、部屋はもう無人だった。自分で風呂の支度をして入ると、湯船にはまだゆうべの柚子の残り香が濃く、整が傍《そば》にいる時よりも何だかたまらない気持ちになった。

仕事の合間、すこしだけ空白が生まれる。取引先が渋滞に引っかかって一時間ばかり遅れそうだという連絡が入った。

「うわ、何か雨降ってきそうだな……萩原どうする？　昼も食ってねーし、ささっとどっか入るか」

「そうすね……」

早メシに傾きかけたが、すぐ近くに百貨店があるのを思い出し「ちょっと一件、用事すませていいすか」と言った。

「え、なに、プライベート？」

「はい」

「しょーがねーな、その代わり四十五分後には絶対ここな」

「分かりました」

小走りに目的地へと向かったものの、用事を完了させられる算段など実はない。クリスマスも過ぎたが、何か冬至のお返しを整にしたかった。でも具体的なアイデアがひとつも浮かばず、とにかく、たくさんものが並べてある場所に行けば何かしらアンテナが反応するかもしれない、と他力本願《たりきほんがん》なありさまだ。あしたの夕方には実家に帰るし、それまでにおざなりだった掃除や洗濯を片づけなければならないし、今年じゅうに渡したいのなら買うチャンスは今しかない。

人でごった返す歳末《さいまつ》のデパートの、紳士服や靴やかばん売り場を足早に巡《めぐ》る。しげしげ眺めたら駄目だ。考え込んだら迷いが生じるし、優雅に吟味《ぎんみ》している暇はない。第一印象、目が吸い寄せられる、足が止まる、それが大事——。

一顕が思いがけず立ち止まったのは、フレグランスのコーナーだった。行きたいのはその奥にある財布やベルトのエリアで、まったくの通路としか思っていなかった。だって香水ほど難しい贈り物はないし、そもそも整はそんなのをつけていたためしがないのだから。

でも、中途半端に浮いた片足を戻し、凝《こ》りに凝った意匠《いしょう》の壜《びん》が並ぶ一角へと近づいた。

「すいません、これ頂けますか?」


やっぱり、ノープランでもとにかく身体を使うのが大事だと実感した。まったくの想定外だったが値段はプレゼントにふさわしく(なかなか自分で買う気にはならない、という意味で)、大きさはかさばらずちょうどいい。割れ物でもナマモノでもなく、ちゃんとギフト包装もしてもらえた。当の整にはまったくぴんとこないしろもので、高くついた自己満足に終わる可能性もあるけど、その時はその時だ。

百貨店を後にし、集合場所に戻ろうとすると、消防車が数台、猛スピードで一顕の前を通り過ぎた。

けたたましいサイレン。パトカーも続く。何だ、火事か。ものものしい一団は瞬《また》く間にカーブの向こうへ消えていき、一顕は再び歩き出そうとした。野次馬の趣味はない。

「え、何かすごくね、火事？」

「かなー」

背中に、カップルの会話が聞こえてくる。

「Yビルのとこ人が群がってるとか、さっき歩いてたおじさん言ってなかった？　――きゃっ」

目の前にいた一顕が突然回れ右したものだから、女のほうは驚いてちいさく叫んだ。

「おいっ」

「すいません」

彼氏の抗議におざなりな謝罪を投げ、走り出した。

だってYビルって、確かきょう、ていうか今、半井さんが。

日程を調整した結果、今年最後の日曜日というふざけた日に昼飲みをしなければならなくなった、と文句を言っていたのだ。それで、一顕が交通の便のいい、手頃な店を教えて。

それはビルの中にあるビアレストランで。Yビルの。

建物がある方角の空を見上げても、黒煙《こくえん》などは見えない。でも周辺の高層ビルに遮《さえぎ》られているだけかもしれない。あのサイレン。緊急車両の数。

逆方向に流れるコンベアーの上を進んでいるようにもどかしかった。まさかそんな、という楽観で何度心を支えようとしてもすぐにぽきりと折れた。

まさかそんな、自分の身の上にこんなことが起きるはずがない。

半井さんだって、そう思ってたはずなんだ。

ある日突然、両親が一瞬でいっぺんに死んでしまうなんてありえない、って。

かたかたとかばんの中で揺れているのは、買ったばかりのプレゼントだった。たった今まで、あんなに楽しい気持ちでいたのに。

鳩の首色のマフラー、別れ際の名残惜《なごりお》しそうな顔、夜中に会社で飲むコーヒー、柚子の匂い。ぜんぶが胸をぎりぎり痛めつける過去になってしまうなんて、そんなことが。

俺があの店を紹介しなきゃ、って後悔を、一生。

はら、と白い埃《ほこり》めいたものがつめたい風に遊ばれながら宙をさまよい、そのうちコートや髪にぱさりと乾いた音を立ててくっついた。払えば、手の熱で溶ける。上空の曇天《どんてん》は雨じゃなくて小粒のみぞれを降らせ始めていた。

信号には引っかからずにすんだ。走って、本当に一歩も休まず走って、ビルの建つやや入り組んだ路地に入った。

そこにはもう幾重にも人がたかっていて、頭や肩のわずかな隙間から、黄色い立ち入り禁止テープが張り巡らされているのが見える。消防車は赤色灯を灯《とも》したまま停まっていた。ライトの前で、みぞれの白は赤に染まらずくっきりと鮮《あざ》やかだ。炎も煙も見えない、でも何か別の事件や事故なのだろうか。

物見高い人混みを無理やりかきわけ、規制線ぎりぎりまで進んでいく。誰に止められても絶対行く、とその境界をまたぎ越そうとした時、

「萩原？」

ビルの入り口から、整が出てきた。


どこも、焦《こ》げも燃えもしていない。

「え、どしたの？ てか、消防車すごいな」

「……半井さん」

名前を呼んだ。生きている整に、ちゃんと答えが返ってくる呼びかけを。

「何ともない？」

「ないない。何か、俺らが飲んでる真下の居酒屋で魚焼く煙に報知器が反応しちゃったんだって」

警報音は上階まで響き渡り、何事かと外に出たが異変はなかった。ただ、ことの次第を知っても「じゃあ戻って飲み直そう」という空気にはならずその場で解散、整は会計をすませるため引き返すところだったのだという。

「ちょっとラッキーだった……とか思っちゃ駄目か、大騒ぎだもんな」

周囲の騒然に声をひそめる整の前で、一顕はかくんとしゃがみ込んだ。

「おい！」

「はは……」

よかった、と腕の中に顔を伏せて誰にも聞こえない声で繰り返した。膝がふるえている。

「……萩原」

このまま立てんのかよと懸念《けねん》するほどだったが、内ポケットで携帯が鳴った瞬間サラリーマンの習性が勝《まさ》り、即座に起立すると「はいっ」と電話に出た。

『お前、どこほっつき歩いてんだ。五分オーバーしてんぞ』

「すいません、すぐ戻ります！」

しゃべりながらもうきびすを返し、再び野次馬の中に突入していく。一度だけ振り向くと心配そうな整と目が合ったので「後で！」と唇の動きだけで伝えた。


遅刻を叱られはしたものの仕事のほうは順調に進み、終電滑り込みで今年最後の通勤が終わった。みぞれは小雪に変わり、傘を差すほどじゃないと油断しているとコートの肩が結構濡れた。

家では整が待っていて、一顕の顔を見るなり「ごめんな」と謝る。

「心配かけて」

「いや、勝手に勘違いしただけだから……」

我慢できず、玄関先でコートを脱ぎ捨てるとぎゅっと抱きしめた。首にあたる一顕の鼻が氷みたいだと整が笑う。

「……ばちが当たったかと思った」

「何で？」

「半井さんは……独りでいることとか、親にうるさく突っ込まれなくていいんだって、考えたから」

予告も理由もなく日常を奪われる痛みを知りもしないくせに。

「ごめん……」

怒られるかも。軽蔑されるかも。でも黙っておくのはいやだった。身を固くしてお裁《さば》きを受ける心境で整の反応を待ったが「何だそんなことかよ」とあっさり背中を叩かれた。

「まじめだなー萩原。俺だって時々思うもん、気楽だって。別に今、親不孝してるつもりもないけど」

「……ほんとに？」

「そりゃ、生きててくれるに越したことはないよ。でも記憶の中で美化してる部分もあるだろうし」

――……うん」

整は腕に力をこめて「一度だけ言わせてくれ」と言った。

「忘れないし、思い出して悲しい時だって当たり前にある。でも、ずっとそこで立ち止まってたら、和章《かずあき》がかわいそうだ」

　久しぶりに聞いた。同じであって全然違う、名前。

「俺が今好きなのは萩原だし、もう一生会わない。もし道ですれ違ってもお互いに声もかけない。でも、和章のためにしゃんとしていたいと思うのを許してほしい」

「分かった」

　正直に言うなら、快《こころよ》く、というわけにはいかない。でも、一顕が好きになったのは「一顕じゃない男」をひたすら好きでいる整だった。コインを裏返すように「一顕」の面が出たらほかがすべて隠れるわけじゃない。誰だって割り切れない部分で恋をしたり、抱いたり抱かれたりしている。

　ぐりぐり頭を押し付けてくる整のために、自分の気持ちを嘘にしないために、一顕はその告白を受け容《い》れた。

「ありがとう。……おかえり」

「ただいま」

　よかった。また会えた。何度でも、また会いたい。

シャワーを浴びて出てきた一顕から、リボンのかかったちいさな箱を手渡された。

「なに?」

「遅くなったけど、クリスマスっていうか、そんなようなもの」

「えー、俺してないのに?」

「してくれたじゃん、冬至にいろいろと」

「だってあんなの——とりあえず、開けてもいい?」

「うん」

リボンを解《ほど》き、蓋《ふた》を外す。中はまた何かのケースになっていた。ぱちんと開けると、黒いベルベットの上で輝く銀色が目に入る。アイスクリームスプーンよりややちいさいぐらいの、平たいシルバー。片方は半円にカーブし、もう片方はペンシル型に尖《とが》っている。

「……スティフナー?」

「うん」

シャツの襟《えり》に挿して、生地をまっすぐ保つための。

「すごい、俺、こんなちゃんとしたの使ったことない」

「俺もないけど、店で見たらきれいだったから。外から見えないものに似合うっていうのもおかしいかな」

老舗《しにせ》の香水メーカーの刻印が入っている。そっと指先で触れると、つややかな光沢《こうたく》の、そこだけ息をかけたガラスのように曇《くも》ってしまった。不満に眉根を寄せる。

「指紋ついた」

「そりゃそうだろ」

二セット、四本並ぶうちの二本を取り、一顕に差し出す。

「半分ずつな」

「や、でも」

「一緒に使おう」

一顕は、しばらくをそれを照明に透かすようにためつすがめつしていたが、やがて手のひらにぎゅっと握って「うん」と頷いた。

「半井さん、俺考えたんだけど」

「ん？」

「今年は、実家に帰らないことにする。来年以降どうするかは決めてないけど、とりあえず今年は半井さんと一緒に過ごす」

反対されると思っているのか、もう決めたから実家にもちゃんと連絡したからと強弁《きょうべん》する一顕にそっと顔を寄せる。

「……俺も、そう言おうと思ってた」

「ほんとに？」

「うん」

何にもいらない、傍にいて。


「雪、たくさん降ってた?」

「まあまあ」

「積もるかな」

上からかかる、一顕の体重。ああ、久しぶりだ、この感じ。

「『あとかくしの雪』って昔話知ってる?」

「知らない」

「貧しい女が旅の坊さんのために畑から大根盗んだら、坊さんが雪を降らせて、足跡を消して女が捕まらないようにしてくれる」

こっちもうろ覚えなので、かなり要約した説明に一顕はけげんな顔をする。

「気遣いの方向性がおもっくそ間違ってますね。そんな超能力あるんなら自分で何とかしろって感じ」

「まあ、俺もそう思うけど」

記憶に雪が積もって、何もかも忘れられたらいいのに、と思う時がある。後悔や痛みのせいじゃなく、唐突に「あ、めんどくせえな」と降ってわく投げやりな煩《わずら》わしさ、あれは何なのだろう。平岩が言うように、薄情な性格ゆえか。

「今まで」を全部失くして、今、ぽんっと生まれたみたいになって、覚えてないけど知らないけど一顕だけを好きなままでセックスしてみたい。

背中をやみくもにかき抱いたら一顕が「動けない」と言う。

「うん、でももうちょっとだけこうしてて」

目を閉じて一顕のリズムに集中していると、心臓の鼓動の誤差が、すこしずつ縮まっていく。やがてバイパスでつながれたようにぴったり音が重なると、一顕は「むり」と少々強引に上体を持ち上げる。

「生殺しだよ」

肌越しに、息で温められた心臓は脈を早くし、また一顕とずれる。それを残念に思う気持ちを咎《とが》めるように乳首を吸い上げられた。

「あ……っ」

やわらかな疼《うず》きの針にくまなく苛《さいな》まれるあやうい感覚が、舌でくるまれて甘ったるくなる。その繰り返し。前歯のふちがちいさな突起のさらに先端を掠《かす》めるとぞくぞく背を反《そ》らせた。

「や、あ」

治りかけの傷のかゆみに似た刺激はもどかしく、与えられても与えられても足りない。焦《じ》れて腫《は》れる尖りが血液の色をあらわにする。それでいて性感を存分に受け止めるにはちいさすぎ、吐き出す方法もないから熱を蓄《たくわ》えるのはそのもっと下だ。そっと触れられて悦《よろこ》び、発情してかたちを変えていく。

「あぁ、あっ……」

「キスしたい」

一顕は下腹部を抜かりなく愛撫しながら唇を求める。大きくゆっくり擦《こす》り上げたかと思うとくびれのあたりだけを小刻みに揺するように指の腹をあてられたりして、乱れる息もそのまま奪われる。

「んっ……」

唇の間で立つ湿った音と呼応《こおう》するように、弄《いじ》られる先端はひそやかに濡れ始める。とろ、とろ、としゃくり上げるような呼吸でちいさく窪《くぼ》んだ孔《あな》からあふれ、それが一顕の手と性器の間でぬるぬる広げられると身体のいちばん奥が勝手にひくつくのが分かった。本来の働きとは違うその逸脱《いつだつ》を、整はもうコントロールできない。

一度だけ唇に嚙みつくと、一顕は整の下肢《かし》に顔を埋《うず》める。こぼし続けたもので、まろやかな先端はすっかり卑猥《ひわい》なつやを帯《お》びていた。

口腔《こうこう》をまさぐって熱くなった舌がそれを舐《な》め取ると、腺液《せんえき》はいっそう旺盛《おうせい》に分泌《ぶんぴつ》される。その臆面《おくめん》のなさは怖いほどで、でも、身体の中からあらゆる水を出してしまって、一顕の手と口であのスティフナーみたいにぺしゃんこにしてもらえたらうっとりすると思う。一顕とのセックスはいつも、身体をいちからつくり変える営《いとな》みに感じられた。

「や、だっ……！」

側面、背面《はいめん》と尖った舌先に這い回られると快感そのものが性器の表面を自在に動き回っているみたいだ。かと思えばざらついた前面で濃密に舐め上げられ、腹筋が、自分でそうと分かるほどぶるりとけいれんした。

「あ、や、あぁぁっ……！」

唇のねっとりした拘束で扱《しご》かれると、もうたまらなかった。触れたい衝動を持て余していたのは整だって同じだ。一顆の口の中で射精し、まだじゅうぶんに過敏なままの裸体を探られる。無愛想に突き出た脚のつけねの骨や膝の裏側、そして性器とその奥の間にごく短く張っている皮膚。

「ん、ぁ……」

左右の半身のちょうど合わせ目、貪欲《どんよく》に性交を味わう箇所《かしょ》を指がうかがう。たっぷりこぼした先走りでそこももう湿っている。

「ああっ……あ、や」

浅い場所をくすぐり、前をなぞり上げる刺激で身体をだましながら異物はすこしずつ侵入を果たしていった。狭い内壁越しに内臓を押し上げ、道をつくる。少々時間が空いたからきついのは確かなのに、穿《うが》たれる粘膜は興奮して蹂躙《じゅうりん》を引き寄せようと身じろぎ始める。

「んん……」

「……もっとひらけ」

早く挿《い》れたい、と口では急《せ》いても一顕の指は慎重だった。絶対に傷つけられないという安心で内部が奔放《ほんぽう》な喘《あえ》ぎにふるえるまで、優しくずるく誘惑し、愛撫する。

なかの、いいところを肉の中に押し込もうとするみたいに強く圧をかけられると勝手に精液が噴き出すかと思う。

「だめ！　あ、ああっ……！」

ピンポイントでぐりぐり旋回する動きにそこはいよいよ収縮を激しくし、昂《たか》ぶりもうすい胸も余韻になる。その湾曲を手のひらで撫でてあやしてから、一顕は整の両脚を抱えた。

「あ！」

マッチの先を埋め込んだように熱い雄の欲望が整のなかに沈んでいく。その脈のありかさえ分かってしまう張り詰め方で、でもすべてつながってから押し込み、引きずり、発情と発情を密に擦り合わせればもっと大きく硬く燃え立つのを整は知っている。

「あー……」

ぴっちりと交合《こうごう》すると一顕が喉を反《そ》らして吐息をこぼす。

「これがしたかったー……」

あまりにもしみじみとした言いようがおかしい。

「正月の間、いっぱいできるよ」

「いや別にそれだけのために帰らないわけじゃ……半井さんがテレビ見られないし」

「つけたままするか」

「やだよ……でも十年後ぐらいには普通にしてたりして」

「『あ、赤組勝ってる』みたいな?」

「そうそう、てか紅白かよ」

顔を見合わせ、ひでーな、と笑う。でも、そんなセックスごめんだ、とはふしぎと思わない。ふたりですることなら。

でも今は、整に深く分け入って整の上で汗をにじませ、陶酔《とうすい》に耐える表情を見ているほうが絶対にいい。

「ああっ……!」

小刻みに揺すられるだけで、やわらかな場所は何か特別な薬で溶かされたように許容を深くし、次の瞬間には喉まで締まるかと思うほどの激しい収縮で異物を啜《すす》る。

「あ——」

一顕は短い声を落とし、それから立てさせた膝を整の胸に向かって大きく倒して、よりさらけ出された結合部を大きな幅で往復した。

「あっ、あ! あぁ——いや、やっ」

もっと、と同義の言葉を一顕は決して間違えない。熟《う》れた色合いをあらわにする孔をひらかせ、閉じさせ、相反する反応を予測のつかないリズムで起こさせてはその都度、肉の奥の奥から性感を引きずり出し、これでもかと整に突きつけてみせる。

「あっ、あ、あ――」

「は、っ……あ、いい――」

「うん……っ」

そして整も一顕を際限なく吸い上げ、絞《しぼ》り、うねる粘膜で抱きしめる。巻きつき合ったらせんの快楽は意識を飛び越え、どこか途方もなく遠くにまで自分たちを連れて行くような気がした。


大晦日の昼前。

ベッドにタブレットPCを持ち込み、寝そべった姿勢でその瞬間を待つ。一顕の手には輪ゴムで束ねた百枚の夢が握られている。もうすぐ抽《ちゅう》せんが行われ、その結果は速報としてサイトに配信される予定だ。

「番号って皆知ってんの？」

「並べてスキャンして共有ファイルに上げてる。全員がチェックしてるかどうかは分かんないけど」

「何だ……」

「何だって何すか」

ふたりきりだけど、身を乗り出して一顕に耳打ちした。

「三億当たってたら、俺とふたりでばっくれようぜ」

「悪いなー！」

「会社辞めて東京離れて、日本海側でひっそり暮らそう」

「何で日本海？」

「何となく」

実際、わけありの人間が紛《まぎ》れるなら東京の混沌《こんとん》がいちばんに決まってるけど。

「当たんないでしょ」

「当たんない前提の話だし」

「まーね、実行したら人として終わるし」

「そうそう」

「そんな大それたことはね、良心が」

「うんうん」

一顕はちょっと黙った。それからタブレットとくじをサイドテーブルに置き、がばっと整を抱き寄せた。

「……当たりてー！」

「正直でよろしい」

もぞもぞとシーツの中で本気じゃなくまさぐり合い、キスをする。

「……ん？　でも別に宝くじ当たんなくたって実現可能なんじゃ」

「えー、かたちある安心って大事じゃん。思い切れるっていうか——あ、もう出てるっぽい？」

運命の当せん番号、とくじを手分けして照らし合わせる。すぐ終わった。なぜなら億万長者にかすりもしなかったので。

「んー、これが現実っすね」

「萩原、それ貸して」

「ん？」

整は百枚を再びまとめると、両手で頭上にぱあっと放った。カラフルな夢見るチケットはひらひらとそこらじゅうに舞い落ちる。

「こら！」

「いっぺんやってみたかったんだよな、競馬場で馬券ばらまいてるおっさんみたいなの」

「三百円当たってんのはあるんだから、ばらばらにすんなよ！」

「後で拾う拾う」

「ほんとかよ……」

言ったそばから、ベッドに散ったのを身体の下敷きにしてしまっているのだけれど、それは押し倒した人間が悪い。そして、小一時間後、後片づけどころか指一本動かせないくたくたのありさまになっていたとしても、それもやっぱり整の責任じゃないはず。
駆け落ちの夢はキャリーオーバー、たぶん休憩を挟みつつ服も着ないで新年を迎える。

よいお年を。

LIFE GOES ON

[mellowrain] ライフゴーズオン

お正月プチ旅行。
八坂神社のおみくじには、きらっきらの特別な「大吉」があるらしいですね。
ぜひおふたりにはまたチャレンジしていただきたい。
「LOVE GOES ON」は完全に私の性癖。暗いのが好きなんです。

by Michi Ichiho

よそ行き顔した非日常の二人、というテーマが何故か脳内を渦巻いて、
ものすごく独りよがりに描いてしまった装画です（反省しています…）
コスプレというかパラレル寄りです。
整はビジネス絡みのパーティ風、一顕は…南の島のヒモかな…。

by Lala Takemiya

LIFE GOES ON

元日の昼前、一顕《かずあき》の携帯が鳴った。

「会社の先輩だ」

「緊急事態？」

「新年早々はやだな……」

さりとて無視するわけにはいかないので「明けましておめでとうございます」の賀詞《がし》とともに応対する。整《せい》は、つけっぱなしだったテレビの音量を絞《しぼ》った。

「はい――はい……家ですけど、実家じゃなくて。え、そうなんですか？　大変ですね。ええ……え？　はあ……」

仕事の用件ではなさそうだ。でも、一顕の顔には困惑が浮かんでいて、朗報《ろうほう》とも断じがたい。

「えー……すいません、三十分だけ考えさせてもらってもいいですか？　またかけ直しますから――はい、はい、じゃあひとまず失礼します」

電話を切っても「んー」とひとりでうなっている。

「何だって？」

「や、あの、先輩が、奥さんと京都に泊まる予定してたんだって。でも奥さんインフルエンザで行けなくなっちゃったから、代わりに泊まらないかって。もし行くんならホテルに話はつけてくれるらしいけど」

「じゃあ行く」

整は即答した。

「えっ」

「え、何で？　別に予定なかったじゃん。行こうよ京都。俺、中学校の修学旅行以来だ」

「え、だって、今から一泊すよ？　そんで別に、おごってくれるわけじゃないんすよ？　キャンセル料が惜しいから宿泊権利だけを俺にバトンタッチしたいってことで——」

「分かってるよ、行きたい」

繁忙期《はんぼうき》の京都のホテルなんて、本来は相当前もって予約しておかないとまず取れない。その権利だけでもじゅうぶんに値打ちがあると思う。ほかの誰かに打診される前に早く返事をしろ、とせっついたら「まじで？」と繰り返しつつも電話をかけ、無事に宿泊権をゲットした。

「じゃあ新幹線取らなきゃ……まあ下りのピーク終わってるし、大丈夫か」

「俺、いったんうちに帰って支度してくる」

「え、何でわざわざ？」

着替えにしろ身の回りのものにしろ、確かに大方は一顕の家に置いてある、が。

「京都って寒いらしいじゃん。厚手のコートに替えてくる」

「いやそんな変わんないすよ、市内だし」

「準備がしたいんだよ、旅感あるだろ？　ついでに待ち合わせしよう。新幹線の時間、後で教えて」

「いーけど……品川？　東京？」

「東京」

「旅っぽいから？」

「そう」

一顕の苦笑に見送られ、整は旅支度へ向かう。


東京駅の新幹線口は、それでも人でごった返していた。切符を発券していると背中をつつかれる。

「……同じコートじゃん」

「中に一枚増やすことにした」

「ところで京都行って何するんすか」

「え、別に考えてないけど」

「うん、そんな気してた」

「だって神社仏閣《じんじゃぶっかく》ってそんな興味ないし、どうせ混んでるだろ。適当に初詣《はつもうで》行ってみて、人多すぎたらやめるぐらいの感じで」

「了解」

それって東京でこと足りるんじゃ、と思ったが、単純に整は「遠出」が嬉しそうだったので、一顕は少々の面倒くささを心の底にしまった。これまでの生活を考えるとすくなくとも五年以上、旅行とは無縁で過ごしてきたことになる。それ自体より、ひっそり閉じた世界を不自由だとも不自然だとも考えなかったに違いない整を、改めて痛々しく思った。降って湧いたたかが一泊をこんなに喜ぶなら、もっと早いうちに、泊まりがけでどこかに連れ出してやればよかった。

「はい」

窓側の切符を手渡しながら「もっと前から計画すればよかったすね」と言った。

「ん？」

「いや、せっかく休みなんだから、ちゃんとした旅行を」

「急だからいいんだよ」

と整は言った。

「ふらっとした感じで。たぶん、あんまちゃんと段取りされると、家でごろごろしてるほうがいいやってなる」

「分からんでもないけど」

難しい人だな。ホームに上がると、向かいの線路に雪の塊《かたまり》がごろごろしていた。

「東北新幹線かな」

「たぶん」

ここにはちらつきもしていないのに、電車で数時間走った先ではあんなに雪が積もっている、そう思うとかすかに旅情めいたものが起こってきて、日頃出張で乗り慣れた「のぞみ」が近づいてくるのを、身を乗り出して覗き込んだ。

「雪って金属っぽい味するよな」

「えー？　どっちかといえば土でしょ。泥くさいっていうか」

「金《かな》くさいよ」

「そうかなー。ま、二十年ぐらい前の記憶だし」

すると整は軽く宙を見て「十五年ぐらいじゃない？」と言う。

「結構いい年まで食ってますね」

「きれいなとこのだけだよ、積もりたての」

何に対する弁解、と一顕は笑った。

清掃を待って車両に乗り込む。最前のシートだから足元には結構ゆとりがある。発車して、最初のうちこそ窓に張りついていた整は、新横浜、小田原《おだわら》、熱海《あたみ》と過ぎ、静岡に入るとつまらなそうになった。

「トンネル茶畑トンネル茶畑……」

「静岡、横に広いすからね。それでも山陽《さんよう》よりは退屈じゃないと思うけど」

「ふーん」

風景に見切りをつけたらしく、構内で買った週刊誌をぱらぱらめくる。目次を見るなり軽く吹き出して「見てこれ」と身体を近づけた。

「なに」

「『首都直下型地震・死者十万人の恐怖!』と『五十代からのセックスライフ』って並んでんだよ。どっちだよ。死ぬんじゃねーのか」

「いざって時心残りのないように?」

「こう、会議とかで誰か『ねーわ』って言わないのかな」

「でも週刊誌、毎回何かしらその手の特集してるでしょ。おもにおっさん対象で」

「じゃあ俺も後学のために読んどこ」

「おい」

整はもっともらしい顔で記事に目を通し、「ハプバーとスワッピングのことしか書いてなかった」と報告してくれた。

「声がでけーよ……」

「あ、富士山」

再び外に顔を向け、うっすら雪を戴《いただ》いた姿に見入る。

「萩原《はぎわら》」

「ん？」

「今までどんな旅行してきた？」

「家族で？」

「歴代彼女と」

「そんなの知りたい？」

「うん、ふつーに」

「ふつーの旅行すよ。海外は行ってないな。学生の頃は旅先でもラブホばっかり泊まってた」

「えー」

「だってへたなビジホ泊まるより安いし、設備よかったりするし」

「へえ、賢いな」

「……半井《なからい》さんは？」

触れていいんだろうかと迷ったものの、訊かれたくないなら俺にも話振ってこないよなと緊張しながら尋ねた。だって、昔は彼女いたようなこと言ってたし。

「俺？　最悪」

最悪という割に、愉快そうな笑顔がグレーがかった群青色《ぐんじょういろ》した山肌と溶け合っている。

「大学ん時、つき合ってた子と山梨の温泉行ったことあるんだけど、現地で向こうが浮気してたの知っちゃって」

「うそっ」

「携帯ってやっぱ地雷だよな。充電器借りようと思ったんだ。あっちはまだ大浴場行ってて、コンセント差しっぱで、もう充電完了してたから。それで、コード抜く時、ぱって一瞬画面が明るくなるじゃん。送信ずみメールの画面が丸見えになって」

「怒った？」

「そりゃむかついたよ。だって相手の男、名前だけ知ってたけど、俺には『しつこくされて困ってる』みたいに言ってたんだもん。なのにメールの文面、超浮かれてんだよ。今でも覚えてるな、『今渋谷出たからもうすぐ着くねハートハートハート』！」

「はあ……」

結構な修羅場だと思うのだけれど、整の口調が軽いので悲壮感に乏《とぼ》しく、一顕もつい笑ってしまう。

「問い詰めた？」

「いやーもう、どうしてくれようこの女って思って、荷物まとめたよ。置き去りで帰るつもりだったんだ。でも……」

「あー、ついやっちゃったんだ」

「やってねーよ」

整は心外そうに顔をしかめる。だって男って、いかなる場面でも基本性欲には負ける生き物だし。

「すでに夜十一時回ってて、東京に帰る手段がなかったんだよ。連休の中日《なかび》だったからほかの宿も取れっこなかったし、かっこつけて出てったところで自分が困るなって気づいた。さすがに女締め出すわけにいかないだろ」

「冷静すね」

「目の前にいないからどんどん頭冷えちゃって。何で俺は腹を立てたんだろう？って考えた」

「騙《だま》されてたからでしょ」

分かりきってる。

「そう。でも、自分をないがしろにされてむかついてるけど、彼女を好きだから怒ってるのとイコールじゃないなって気づいた。あ、実はそんなに好きじゃないのかも？って思ったら、すーって心が落ち着いて、まあ旅行の後すぐ別れたけど、揉《も》めもせず淡々とって感じ。メールのこと言わなかったし。その時にはもう、わざわざ言うほどでもないレベルの出来事」

「そういうもんかな」

「まあ、学生時代ってすぐくっついたり別れたりするから」

窓に額をくっつけてつぶやいた。

「すっごい楽だよな、いっそ気持ちいいよね、『あ、好きじゃない』って気づく瞬間は。解き放たれた感じ。俺の人生にこいついらないやって、軽やかになる」

「……こわ」

「え？」

「まじもう心臓が縮むんだけど、そんなことさらっと言われたら」

「何で」

「いや分かるでしょ、俺もいつか『あ』って気づかれたらどうしようかと思うじゃん」

「そんなのお互いさまだし」

「やー、俺、半井さんみたく思いきれない」

「俺ってそんなつめたい？」

「つめたいっていうんじゃないけど……独特じゃないすか。半井さん見てると、俺ってほんと平凡な男だなって思う」

「どーこが」

本気の感想なのに、軽くいなされてしまった。そして針が振れるようにこてんと一顕の肩に頭をもたせかけ「昔の話だし」と言う。

「昔っていうか、何かもう、別人の思い出みたい。前世かな？」

「んなバカな」

「でもそんな感じ」

「分かるけど」

昔の自分に、男と恋愛するなんて教えても絶対信じないだろうし。でもここに確かに整はいて、これがふたりの現実で、ふたりの人生だ――今のところ。

いつの間にか富士山を通り過ぎていた。新幹線は浜松《はままつ》、豊橋《とよはし》、三河安城《みかわあんじょう》、名古屋、と走る。その進みと呼吸を合わせるように短い日は傾いていった。山の稜線《りょうせん》が夕陽に照り映《は》え、整が「すごいな」と目を細める。

「西に向かってるから——夕焼けに突っ込んでくみたいだ」

「うん」

一顕はこんな景色を、初めて見たわけじゃないと思う。でもそんなふうに感じたことはなかった。夕暮れの光にかすかにふるえて伏せられる整のまつげが、一顕にしか聞こえないその声が、オレンジ色に取り囲まれた今を特別にする。

あんなきっかけじゃなくても、あんな経緯《けいい》じゃなくても、最終的に俺はこの人を好きになってたんじゃないかな。子どもっぽい一途《いちず》さや子どもっぽい残酷さに惹《ひ》かれて。

口にはしなかったけれど、それは悪くない仮定だった。

一顕が言ったとおり、体感気温は東京と変わりない。京都駅から電車に乗り、四条《しじょう》のホテルに着いた。一見マンションかと思うほどシンプルな造りで、仰々《ぎょうぎょう》しくないこぢんまりとした清潔さは整の好きな雰囲気だった。

「先輩ってセンスいいな」

「そーすね。あした、忘れずに土産買ってかないと。伊勢丹《いせたん》にしか売ってないの頼まれてるから」

コートを脱ぎ、備えつけのカプセル式マシンでコーヒーを淹《い》れてひと息ついていたりするともう夕食どきだった。

「晩めしどうします？」

「心当たりある？」

「やー、一日《ついたち》だからなー。開いてないと思う」

じゃあもうここでいいや、とホテルのレストランに赴《おもむ》いた。

「なーんか京都感ないすね。東京と変わんない」

「新幹線から五重の塔も京都タワーも見たじゃん」

「そんだけでいいんだ」

「うん」

ちょっとしたバーもついていたけれど、せっかくだから散策しようか、と食後は外に出てみた。一杯飲める場所が見つかればよし、なければコンビニで適当に買い込んで部屋飲みでも構わない。知らない土地を、ゆるい目的で漂《ただよ》い歩くのは楽しい。

「部屋のミニバー全部飲むっていうのは？」

一顕が言った。缶ビールに、ウイスキーや焼酎《しょうちゅう》のままごとみたいなボトル。ホテル料金で割高なそれらを消費すると結構な出費だろう。

「大盤振る舞い」

「正月だし」

そう、二日酔いになってチェックアウトまで部屋で伸びているのも自由だ。ささやかなぜいたくに整はどんどんわくわくしてくる。

「あ、でも見て」

一顆の指差した先、町家《まちや》というべきか町家風というべきかいちげんには分からないけれど、木造の建物があり、笠のついた電球の灯《あか》りが何らかの店舗であると教えている。近づくと、辺りが暗いので、フィラメントの輝きがはっきり見えた。

「飲み屋っぽい、すね」

「入ってみようか」

「うん」

引き戸を開けると中はいい感じに古びたカウンターのバーだった。

「空《あ》いてますか？」

「どうぞー。明けましておめでとうございますー」

カウンターの内側から、西の抑揚《よくよう》であいさつが返ってくる。新鮮だ。でも「ちょっとひねりのきいた飲み屋やってる三十代の男」って、ドレスコードでもあるのかと思うほど雰囲気共通してんな、と思った。Tシャツだったりニットキャップだったり眼鏡だったり。

店の奥の壁面はそのままスクリーン代わりで、古い外国のアニメが流れていた。常連らしいなじみ方をした数人の男女が、それを見るともなしに見ながら関西弁で談笑している。

ビールを二杯と、ちょっと目先の変わったものが飲みたくなってホットバタードラムを頼んだ。

「あ、うまい」

「まじで？　俺もそれにすればよかった」

一顕はホットウイスキーをすすっている。シナモンスティックをすぐにグラスから上げてしまったのを見て、マスターが「すいません」と言った。

「シナモン、お嫌いでした？」

「ちょっと苦手ですね」

「男の人ってだめですよねえ、匂いのもん」

猫とねずみの、チーズを巡る攻防に飽きたのだろうか。スツール三つぶんの距離から女が話しかけてきた。一顕は愛想よく返す。

「そうですね、ハーブ系も苦手」

「ミントは？　グラスホッパーて飲んだことありますか？」

「あー、歯磨《はみが》き粉《こ》飲んでるみたいな？」

「そうそう――どっから来はったん？」

「東京」

「観光？」

「一応。でもノープランで。おすすめある？」

「地元の人間ほどそんなん知らんで。ガイドブックとか見たら逆に勉強なるもん」

「ああ、そうかも」

「東京の人かってスカイツリーそんな興味ないでしょ」

「ないない」

やっぱり、と笑ってから一顎の隣にいる整を覗き込み「お友達？」と尋ねる。

「うん」

すると女の隣の男が「カップルやったりして」と茶化した。不躾《ぶしつけ》ではあるがほどよく酒が回っての冗談だと口調や表情からすぐに分かったので整は気にせず、反応もしなかった。

でも一顎がさらっと「はい」と認める。

「そうです」

素直すぎる肯定もまた冗談と受け止められ、その場にちいさな笑いが起こった。気まずさに笑うしかない、という空気ではなく、だから特に慌てもせず熱い酒を飲み干し、満足したので店を後にした。

「びっくりした」

「ごめん、いやだった？」

「違うけど、あっさり言うから」

「いや……酔っ払ってんのかな？　別にいいやみたいな。どうせ二度と会わないんだし……旅って怖いな」

「怖い怖い」

俺も酔ったかな、と思う。むしょうに愉《たの》しくて心臓が小刻みに揺れる。光も音も少ない元日の空気は澄み、大きく息を吸い込めば肺も夜空の色に染まりそうだった。ガラスのナイフを凍らせたような風に頬をなぶられぎゅっと目を閉じた。

「さっむ！」

「やっぱ夜は冷えるな……」

腹の中はアルコールでじんじん温かだけど、顔と耳の痛みには届かない。びゅうびゅうコートの裾《すそ》をはためかせる風に、とうとう笑いがこみ上げてくる。

「何で寒い時って笑っちゃうんだろう」

「笑うしかないからでしょ」

「ああ、そんな感じ」

すっかり冷えきってホテルの部屋に戻り、まずは風呂だとふたりして洗面所に服を脱ぎ散らかした。最初の冷水を浴びないようシャワーヘッドの位置を調節し、レバーをひねる。まったく他意はなかった。

「つめたっ！」

「あ、ごめん」

ハンドシャワーでなく、頭上から降り注ぐレインシャワーを操作してしまったらしく、天井に点々と空《あ》いた穴の真下にいた一顕がもろに浴びた。やけに余裕ある造りのバスルームだと思ったら、なるほどこのスペースが取られていたわけだ。

「罰ゲームか！」

「ごめんごめん、すぐお湯になるからさ」

「ていうかわざとですよね」

「違う違う」

「笑ってんじゃねーか」

一顕の肌に弾《はじ》かれて飛んでくるしずくが適温になったのを確かめてから、整もその超局地的な雨の下に入った。

「あったかー」

「うわむかつく」

あったためろ、と腕を取られて腕の中へ。半径五十センチの、湯気立つスコールの中でくちづけると、息苦しさに煽《あお》られる。呼吸を継ぐため離しても口の中に湯が入ってくるからまた塞《ふさ》ぐ。唾液《だえき》も何もかも舐《な》め合う。そのうち普通に溺《おぼ》れそう、と思いながら離れられない心はとっくにどっぷり耽溺《たんでき》している。肌を打つ雨、流れる雨、髪や鼻先からしたたる雨。

「ん……っ」

脚の間に一顗の片脚がぐっと割り込んでくる。一瞬擦られた性器より、尾《び》てい骨《こつ》から滑らされた指先が触れた後ろの刺激で喉《のど》が鳴った。ローションはないから、温度でもってじわじわと血や肉をゆるませていく。

ごく浅いところを押し揉《も》むような指の動き。まだ気持ちよくはない、けれど意図を持って探られているのを身体は抜かりなく察知し、指では届かない奥から官能をもたらしてくる。

角度を変えて繰り返されるキスで、口から溜まる発情もどんどん下肢《かし》を侵食《しんしょく》した。一顗の背中にすがりつきながら、大腿《だいたい》に浅ましくすりつけてしまう。神経が特別な芽を吹かせれば、ただの水滴さえ全身を嬲《なぶ》ってくるように感じられた。

暑いし熱いし息苦しいしもっと触ってほしいし、という身体の過敏と裏腹に意識は水蒸気に曇《くも》ったのかぼんやりしてきて、一顗がシャワーを止めてくれた時はほっとした。

ガラス張りのバスルームはベッド側にも引き戸がついていて、脱衣所を経由せずとも直行できる構造になっていた。

「……便利つか、やらしー部屋だな」

濡れた身体を拭《ぬぐ》いもせず、まっさらのベッドに整を横たえて一顗がつぶやいた。

「部屋じゃなくて俺たちだって」

「それもそうか」

素直に納得すると、まとわりつくシーツを剝《は》がして整の膝をひらかせる。欲情した一顕の視線が音《おん》叉《さ》のように整の羞恥《しゅうち》と響き合い、性交のひそやかな気配はどんどん部屋中に増幅した。

「あ……っ！」

体内との境目をあっけなく越えた舌が、生温かいぬるみで行き来する。指で軽く慣らされていたところはたちまちざわめいて悦《よろこ》び、それを直情に性器へと伝えた。

「んっ——あ、あぁっ」

膨《ふく》らむ前と、窪《くぼ》む後ろ。とても近いけれど別種の性感に悶《もだ》えるふたつの箇所《かしょ》を口唇《こうしん》と舌が気まぐれに愛撫した。濡れた弾力が内壁をまっすぐ穿《うが》ったかと思えば、しなる器官の裏側を舐め上げて先端を吸う。舌の柔軟が伝染したようになかがとろけてうねると、すかさず指が、容赦《ようしゃ》ない長さで挿し入れられた。

「や、あ……っん……！」

昂《たか》ぶりの先が透明なしずくを浮かべると、それをすくって絡《から》みつく指のせいで、下半身が立てる卑《ひ》猥《わい》な音はより重奏的になった。両手と舌はどこまでも器用に聡《さと》く、整を感じさせる。濡れたままの肌は湯冷めどころか新しい湯気を昇らせそうだった。水とは違うしたたりがシーツののりを溶かしていく。

「あっ、あ……萩原、っ」

途切れた言葉の先を一顕はちゃんと知っている。

「いきそう？　……いいよ」

「ああ……っ、あ、やだ……」

「何で、ほら」

「あ、あぁっ……！」

内側から快感のありかを激しく摩擦され、次の瞬間には腹の上に白濁《はくだく》が散っている。射精を人にコントロールされるのは不安で怖い。だからこそ、その背徳《はいとく》に病《や》みつきになってしまう。

「ん、あっ」

うすい皮膚を張り詰めさせた乳首を甘噛《あまが》みされた。いったばかりの、鎮静《ちんせい》していない身体にはとげのようなきつい刺激だった。なのに整は気持ちいい。突起《とっき》に爪先《つめさき》を引っ掛けられながら、もう何をくわえこむのも抵抗なさそうな粘膜《ねんまく》をかき回されると足の小指まで硬直させて喘《あえ》いだ。

「ああ、っ、あ、やぁ……！」

鎖骨《さこつ》から下に、乳首と同じ色のうっ血《けつ》を落としながら一顕が入ってくる。水を飲むようにスムーズな挿入にもっとおののいてもいいはずなのに、骨に抱かれた心臓が鳴らす動悸《どうき》はひたすら歓喜を訴えている。

「んん、あ……っ」

交合する時、一顕の瞳には不安がよぎる。少々強引に進めてくる場合にだって変わらなかった。いいのか、大丈夫なのか、という、本人も気づいていないかもしれない怯《おび》え。愉悦《ゆえつ》で我を忘れる度合いによってそれは不規則に明滅《めいめつ》し、やがて情欲に塗りつぶされてしまう。その儚《はかな》い光を整は愛している。強さより弱さのほうがいとおしいに決まっている。

そして髪の毛一本一本までぞくぞくするほど興奮するのだった。いつだって。

「あ、あっ、ああっ！」

ひくひく喘ぐ輪を充《み》たしたものがすぐさま粘膜を逆撫《さかな》でる。繰り返す。押し込まれるのは一顕の欲望で、引きずり出されるのは整の欲望で。ぴったり等分だと、絡み合う肌は分かっている。整を前後に揺さぶりながら洩らす荒く乱れた息遣いを聞いているだけで、耳から脳から陶然《とうぜん》となった。

「……何かさ、」

律動を小刻みに変えて、一顕が覗き込んでくる。しかめっつらに近い苦笑は射精をこらえている時の、整の好きな表情で、普段は考えもしないのに、これを見た女が複数存在すると思うと猛烈な怒りを覚えたりもする。

その場では気持ちいいから後回しにして、終わってしまえばそんなこと言ったってしょうがねーじゃんと自分に呆れ、要は存分に理性のたがをゆるめて堪能《たんのう》しているということなのだろう。

「……なに？」

「どこ行ったってやることって一緒だなと思った」

「いや？」

「ううん。……安心する」

「びびらせんなよ」

汗の伝う頬をぺちぺち叩く。

「飽きてきたのかと思うじゃん」

「飽きてない」

その手を一顕は強く握った。

「あと何回抱けるかなって思ってる。あと何回めし食うのかなとか、あと何回桜見るのかなって考えるのとおんなじように。そんで、一回終わったら、一回減ったって寂しくなるよ」

「……分かる」

幸せなんだ、と思った。ひとりなら向き合わずにすむ人生の有限を、その絶対を思い知らされる痛みさえ。

ありがとう、と整は言った。一顕は「何だそれ」と笑う。たぶん、整しか見たことのない貌《かお》で。

「あ——あっ、あ……！」

いちだんと密《みつ》になった質量が奥へ奥へといきたがる。整は何だって、どこまでだってゆるす。充溢《じゅういつ》の果てで弾けたものに最後の一滴までそそがれることも。

それから、一顕の提案どおりにミニバーのアルコールをだらだら制覇《せいは》して朝はゆっくり起き、朝食時間内ぎりぎりでレストランに飛び込んで慌ただしく食べてから、初詣に出かける。近所で大きな神社、とフロントにアバウトな質問をすると「八坂《やさか》神社ですね」と教えてくれた。

人出があるにはあったが、急ぎの用事もないし、流れに任せて進むだけなのでそう苦にはならなかった。特に神頼みも思いつかないまま賽銭《さいせん》を放り込んで手を合わせ、おみくじを引く。

「小吉……萩原は？」

「中吉。の割に、そんないいこと書いてないけど」

「納得いくまで引き直したくなるよな」

「それじゃ意味ないって」

「ところでおみくじの順番って、どう？『大、中、小、吉、末、凶？』」

「え、『大、中、小、末、吉』でなく？ていうか半吉とかなかった？」

「うそ、知らない」

細く折りたたんだ紙をどこにも結びつけず、持ち帰ることにした。かといって几帳面《きちょうめん》に保管するわけもなく、春先にコートをクリーニングに出そうとしてふっとポケットを探ったら見つかって、あぁ、と改めて家のごみ箱に捨てるだけの話には違いない。でもその、「行ってたな」と記憶がよみがえる一瞬は胸が甘苦しい。忘れた頃に発掘される映画の半券とかレシートとか——。

「そうだ。あのさ、前に行ったじゃん、公園の中にあるちっさい美術館」

「うん」

「チケット買って、半券ってどうした？」

ミシン目もなく、本当にびりっとちぎられただけの。一顕はすこし考え込む。

「どうしたっけ。すぐ捨てたかな？　俺、手の中に握ってると何でもすぐくしゃくしゃにしちゃうから」

「そっか」

「え、まずかった？」

「んーん」

整はかぶりを振る。

「俺だってどうしたのかなんて覚えてないし。もう忘れてることがあるって、むしろ安心した」

「そう？」

「うん。……くしゃくしゃにしちゃうって、かわいいな」

正確には、一顕の口から出る「くしゃくしゃ」という語感がかわいい。

「かわいくねーよ。会社に出す領収書でもたまにやっちゃうもん」

人混みの中で、短い間だけ手をつないだ。

「ずっとこうしてたら、くしゃくしゃにせずにすむのにな」

「名案」

じゃあずっとつないでるつもりでいる、と、鳥居を見上げて一顕は力を込めた。

結局観光らしい観光もせずチェックアウトの時間を迎え、伊勢丹をぶらついて帰りの新幹線に乗った。実にあっけない旅だった。車内にはまだ続く正月の、のどかな期間限定ムードが満ちている。

「……こうして帰って、またあしたも休みだと思ったらすげー幸せ」

嬉しげ、というよりいっそ神妙な面持《おもも》ちで一顕は言った。子どもみたいに素直な言葉に、うん、と整も頷く。

あしたは何をしよう？

ゆうべの憂《ゆう》うつさったらなかった。長期休みが明ける前はいつも気持ちがローだけど、年末年始ずっと整と一緒だったから、今年の沈み込みはひとしおだ。来年——いやもう今年か、俺はちゃんと実家に帰んのかな。そんな気の早いことを考えている。GWのカレンダーってどんな感じだったっけ、とか。あっという間に過ぎるものを待って、惜しんで、きっとまたそんな一年だ。

肌に触れるシャツの、硬さつめたさがやけに懐かしい。新品のスティフナーを襟《えり》の下に挿《さ》し込む。うすい銀色に支えられ、ほんのすこし気持ちがしゃんとした。整もそうであったらいい。

玄関を出る時、大きな砂粒が落ちているのに気づいた。あの日行った神社の砂利《じゃり》のひとかけかもしれない。つま先でそっと掃き出して、一顛は会社に向かう。

右手はまだ、整のかたちを覚えていて、そこにない手を握ってたわむ。

総務部の業務、というものに整《せい》はおおむね満足している。でもひとつだけ、どうしても嫌いなことがあった。嫌いというより、恐怖に近い。

「……きょう、午後から行かなきゃだから」

ベッドでつぶやいた整の、暗い声で一顕《かずあき》にも用事の見当はついたらしい。

「土曜日なのに大変すね」

言葉と、頭を撫でる手で労《ねぎら》い「誰?」と尋ねる。

「メディア戦略部の部長」

「そっか、俺知らない人だな。……雨降るらしいから、傘忘れないで」

「うん」

一顕のマンションから家に戻ると、クローゼットの一番奥、クリーニング屋のビニールをまとったままの喪服を引っ張り出した。黒ネクタイを締めると首に縄でもつけられた気分だ。社内で故人《こじん》が出ると、通夜《つや》告別式の手伝いに出向かなければならない。そう大した仕事があるわけでもないが、あの空気がたまらない。

自分が両親をどんなふうに送ったのか、記憶が断片的にしか残っていない。それでも読経《どきょう》が聞こえると未《いま》だに足からすっと冷えて血の気《け》が引く。新入社員の頃は「真っ青だよ」と逆に心配されることすらあった。今は、それに比べればだいぶ慣れはした。数珠《じゅず》やら喪章《もしょう》を葬儀用の黒いかばんに入れて家を出る。

亡くなった部長はもう五十を過ぎていたはずで、ずいぶん早い死には違いないが、いくぶん気楽ではあった。これが二十代や三十代の男で、ちいさな子どもが泣きじゃくっていたりすると心底見ていられない。

セレモニーホールで葬儀会社のスタッフと段取りを打ち合わせ、未亡人に死亡退職金の受け取りや税金の手続きなどを淡々と説明した。弔問《ちょうもん》の受付が始まるころ、一顕が言ったとおりに雨がぱらついてくる。

「半井《なからい》くんごめん、今手空《あ》いてる?」

「はい」

「施設管理の栗原《くりはら》次長分かる? 今駅に着いたらしいんだけど、傘持ってないんだって」

「分かりました、お迎えに上がります」

「ごめんね」

すこしでも外の空気を吸えるほうがありがたい。ホールで借りた傘を携《たずさ》えて駅に向かうと、何人もの弔問客《ちょうもんきゃく》とすれ違う。覚えのある顔も、ぽつぽつとあった。天気が悪いので黒い喪服は保護色みたいになり、首から上だけが傘の下でいくつも浮かび上がっている眺めは、少々気味が悪い。

「——と、つき合ってたよねー」

「まじで？　あたし、あの子のほうかと思ってた。去年異動してきた……残業合わせたりしてたじゃん」

「あー、でもバレバレすぎて逆に本命じゃなかった感じしない？」

「つか、どんだけ手ぇ出してたんだっていう」

そんな会話が耳に入ってきた。ちょっとは声を潜《ひそ》めろよ。まさか、きょうの主役（と言っていいのかどうか）のゴシップじゃないだろうな。会場で口を噤《つぐ》む程度の常識はあると信じたい。

「お待たせしました」

「ああ、ごめんごめん」

売店じゃ売り切れててねえ、というかたちばかりの言い訳に内心で嘘つけと毒づいた。改札を出て、横断歩道ひとつ渡ればコンビニがある。この用事のためにビニール傘を一本買うのは不経済だと考えたに違いない。

「しかし、急な話でびっくりしたよ。まだ若いのにねえ」

「そうですね」

「……ま、多方面に頑張ってる人だったからな。人望がありすぎるのもよくない」

含みのある口調。やはりさっきの女子社員たちは、故人のうわさをしていたようだ。しかし整には関係のない話なので、これが彼の妻の耳に入らず、穏便にセレモニーが終わることだけを願った。

ホールに戻ると、若い女が受付で何やら手間取っていた。「だって」とか「非常識」という諍《いさか》いの声も聞こえ、まじ修羅場かよついていてねえ、と早くも疲労を感じつつさりげなく近づく。

「どうかしました？」

「あ、半井くん」

記帳の担当をしていた年上の女性社員が腹立たしさと困惑をまぜこぜに浮かべている。

「見てよ、この子の爪」

筆ペンを持ったままぶすっとふてくされているのは、去年入ってきた新人だった。部署は違うが、家賃補助の手続きをしたので覚えている。母親にでも借りたのか、すこし型の古い喪服をいかにも居心地悪そうに着ていた。

「……ああ」

しかも派手なピンクのネイルに、ごてごてとチップやストーンまでついている。日常生活を送るうえで不便はないのか、と心配になる過剰さだ。

「あなたね、何考えてるの。お通夜の場にその爪はないでしょう」

「そんなこと言われたってしょうがないじゃないですか。いつ亡くなるかなんて分かんないのに」

と勝ち気に反論する。

「あした、朝イチで親友の結婚式なんです。それでネイル行った後で連絡回ってきたんですよ？　これ、一万円かかってるのに、全部取ってもらって、お通夜終わったらまたやり直してもらえって言うんですか？　それってお金出してくれるんですか？　急に予約なんか取れないし……」

主張に同情できる部分はある。ただでさえ結婚式は物入りだし、大枚はたいて誂《あつら》えた爪を、ろくに知らない上司のために台無しにしたくはないだろう。要は言い方なんだよな、と思う。立ち回りが未熟なのだ。もうちょっとしおらしく「どうすればいいんでしょう」と指示を仰《あお》ぐふりだけでもすればいいのに、はなから開き直ってくるからますますひんしゅくを買う。

「こういう時って、今までどうしてましたっけ？」

空気を緩和《かんわ》させるため、意識してやわらかく尋ねた。

「ベージュのマニキュア、上から塗ってもらってたけど」

「え、やだそんなの……」

「いい加減にしなさいよ、ＴＰＯも分からないの？　そもそもそんな派手なメイクしてくるなんて」

「顔にまで文句言われるんですか？　ならもう帰りたいんですけど」

うわー何だよこれめんどくせえな。とりなす言葉を必死に探していると「よかったらどうぞ」と穏やかな声がした。

振り返ると、差し出されたのは黒い手袋だ。

「あ――」

確か秘書課の、同期。化粧っ気のない顔にうっすらと笑みをたたえていて、そうそういつもこんな表情の人、と思い出す。

「お焼香《しょうこう》の時だけは取らないとだめですけど、ないよりましでしょう?」

さっきまで毛を逆立《さかだ》てた猫状態だった新人は、優しい口調にたちまち耳をぺわんと垂《た》らし「ストーンで引っ掛けちゃうかも」とおずおず言った。何で最初からその態度が取れないかな。実は男より女のほうが美人に従順なのかもしれない。

「いいのよ、予備の安物だし。ほら、こっちが高級品」

細い指を包んだ、繊細《せんさい》な黒レースの手袋を見せる。

「じゃあ……お借りします」

「どうぞ。冠婚葬祭って、急なことも多くていろいろ大変だけど、社会人にはつきものだからすこしずつ覚えていきましょうね」

「はい」

跳ねっ返りを見事に手なずけ、流麗な文字で記帳すると「お疲れさまです」と丁寧に会釈《えしゃく》して会場に入って行った。

「はー……やっぱり秘書課で仕込まれた子は違うよね。すべてがエレガントだわー」

「貫禄《かんろく》ありますよね」

「貫禄って失礼な。分かるけどね。喪服が板についてるっていうか……男の人ってああいうの、ぐっとくるんじゃないの」

不謹慎ですよ、と軽口を流して持ち場に戻る。やがて来客が落ち着くと会場に入って式の次第を見守った。長い焼香の列が連なっている。

俺も今のうちにしとこうか、と思ったが、親族席で、杖《つえ》をついた老人がよろよろと立ち上がったので慌てて介添えに回った。

「お手洗いですか？　こちらへ――」

身体を支えながら何気なく焼香台に目をやると、ちょうどさっきの同期の番だった。

遺影を見つめ、そっと手袋を外す。

――……え？

毒々しいほどぬらぬら赤い爪があらわになり、整は声を上げそうになる。あまりにも場に不似合いな、一点落ちた血のような真紅。

「本命」って、もしかして――ぐっと喉奥《のどおく》に力を込めて抑え込み、彼女の横顔を見つめた。何の感情も窺えない。

ついうっかり、なわけがない。しかしこれを、悪意と取っていいのか。あてつけ？　怒り？　存在の誇示《こじ》？　でも楚々《そそ》とした佇《たたず》まいは生々しい男女の関係をみじんも匂わせない。だからこそ指先の赤は、整の目を強烈に射たのだった。

そのままお手本のように淀《よど》みない所作で焼香をすませ、また手袋をつけて喪主《もしゅ》へと一礼する。ずっとすすり泣いたままの妻は、爪の色には気づかなかったようだ。列から逸《そ》れる一瞬、確かに視線が合ったと思ったが、向こうは眉ひとつ動かさない。

すみません、と葬儀会社のスタッフが中腰でやってきた。

「私どもでご案内致しますので」

「あ、ではお願いします」

老人を任せ、整は少し迷ったが、ホールの傘立てから一本持ち出して外へ出た。

「濡れるよ」

名前がとっさに出てこなくて、率直に呼びかけると彼女は振り向いた。

「……傘、使ってください」

「ありがとう」

悠然とほほ笑む。

「でもいいわ。番号札をもらうのを忘れて、どれが自分のだか分からなくなったの。だから置いてきたんです」

「ビニール傘なんてどれもおんなじだよ。誰かのと入れ替わってもどうってことない」

「そんなわけない」

雨が黒髪を打ち、白い頬を伝った。初めて、喪服の下で揺らめく何かを垣間見《かいまみ》たような気がした。

「どれもおんなじなんてわけがない。自分のじゃないものはいらない」

「分かった……じゃあ、気をつけて」

どうやら引き留めたところで、互いが無駄に濡れるだけだ。ならおとなしく引き下がるべきだろう。

整は背中を向けた。すると「半井くん」と呼ばれた。名前を認知されていたことに驚いて、振り返る。

「よかった」

「何が」

「だって半井くんって、葬儀のお手伝いに行くたび、自分が死にそうな顔してたでしょう」

不意打ちに、否定ができない。

「でも最近はそうじゃないから、よかったと思ったの――お疲れさまでした」

深々と頭を下げ、彼女は歩き出した。ローヒールのにぶい足音が雨音に紛《まぎ》れる。


清め塩と挨拶状の入った紙袋は、弔問客に対してひとつ余った。整はそれが誰のぶんだか知っていたが、言わなかった。お見送りを終えて解散すると、一顕から「半井さんち行っててい い?」とメールが入っている。「うん」と短く返信した。

傘は廊下に立てかけておく。扉の前で塩の封を切り、両肩に軽く振りかけて払う。鍵を挿《さ》し込んで扉を開けると一顕はすぐ目の前に立っていた。

「おかえり」

「ただいま」

段差の分だけ背伸びがちに抱きしめると「冷えてんね」と言われた。

「風呂、入れますよ」

「萩原《はぎわら》」

「ん？」

「くしゃくしゃにして」

「え？」

「間違えた、めちゃくちゃにして」

「それもびっくりするよ。……何かあった？」

「後で話す」

腕にぎゅうぎゅう力を入れて、身体の隙間を殺していく。

「……大丈夫?」

「うん、悪い話じゃないんだ」

そうだ、よかったって言ってくれた。「最近はそうじゃないから」って、それは一顕が傍《そば》にいてくれてよかったという意味だ。何も知らなくても、初めて他人に認められたようで整は嬉しかった。ひとり暗がりに消えた彼女がこれからどこに向かうのかは分からないけれど、いつかは雨がやむことを祈ろう。

唇の間で、塩がひと粒、たちまち溶けて消えた。

恋をする／恋をした

[mellowrain]

Koiwosuru / koiwoshita

MICHI ICHIHO
When it rains, it pours

人さまの日記、読むの好きです（※ちゃんと公開なり出版なりされてるやつね！）。

他人には取るに足らない日常であればあるほど何だか楽しい。

「自分じゃない人」の手触りがある。

半井さんもきっとそんな気持ち。

by Michi Ichiho

「ちょっと忙しくなりそう」

日曜の晩、もうそろそろ帰らないと……という頃合いに一顕《かずあき》が言った。

「年度末商戦？」

「それもあるんだけど、ちょっと二次会の幹事、急きょ頼まれちゃって。再来月《さらいげつ》なんすよ」

「そんな急いで？　デキ婚？」

「いや、新郎新婦は悪くなくて」

双方の友人同士で幹事グループを結成したのは秋の話、それから新婦側の代表（女）と新郎側の代表（男）が交流を深めすぎた結果、妊娠が判明した。

「もう幹事どころじゃねーってなって。あっちはあっちで結婚の準備に入らないといけないし、何か、もともとほかのメンバーが他力本願《たりきほんがん》すぎて、愚痴《ぐち》り合ってて意気投合したって感じだから、ちょっと人間関係がやばいっぽい。無責任だって責められて幹事カップルも逆ギレで、じゃあもうぜんぶゼロに戻すって店の予約とか企画の段取りとか取り消して白紙状態」

「え、で、何でその状況で次がお前なの？」

「んーまあ、披露宴《ひろうえん》のスピーチとかの役割がなくて、もともとの幹事と利害っつーか接点がなくて、先入観なくやってくれそうな……」

「てことは別に仲よくないんじゃん、新郎と」

「まあ仕事関係の……仲よくないってことはないですよ。一緒に遊んだりしてたし。でも結婚となると、学生時代とかの、つき合い長い友達がメインになりがちだし」

ならメインの顔ぶれで何とかしろ、と整《せい》は思った。どう考えても貧乏くじだ。

「もう完全に引き受けちゃって断れない雰囲気？」

「え、何かさっきからネガティブだなー」

「別に、萩原《はぎわら》が決める話だけど……ただでさえ大変な時期に、トラブルの後始末って言ったら悪いけど、ややこしいこと引き受けなくてもって」

「ややこしくはないかな。二次会の幹事なら何度か経験あるし」

整は当然ない。自分の仕事として割り当てられればできるだろうけど、たぶん「そういう役を頼まれない」タイプの人間だからだ。人望とか力量の話ではなく、周りが適性を判断するとそうなる。

「本番いつ？」

「四月あたまの土曜日。年度末過ぎて気持ち的には楽」

「異動あるかもだろ」

「まあそん時ゃそん時で」

「具体的に何すんの、幹事」

「とりあえず店決めないと招待状も作れないから」

缶ビールを飲み切って小皿に残ったミックスナッツをぽりぽりかじりながら言う。

「新郎新婦と相談しつつ、ビンゴの景品の準備と、余興《よきょう》は男女ひと組ずつで、あとムービー関係か」

「ほぼ丸投げに聞こえるんだけど」

呆れが伝わったのか、一顗は苦笑する。

「中途半端に引き継ぐより、自分のやり方で一から手配するほうが効率いいと思って。もちろん当日の司会とかは別にやってくれる人がいるから」

「お人好しだなー」

「いやー、恩売るっつったらあれだけど、仕事面でも潤滑油《じゅんかつゆ》になるというか。それに、せっかくの結婚式前に本人たちのせいじゃないトラブルで悩んでるの、気の毒じゃないすか？　はたで見てひでーなって言ってるより、腹くくって手出してちゃんと力になれるほうがいいから」

そりゃ、これ以上一歩もつまずけない状況なら一顗に頼めば安心するだろう。その気持ちは分かる。見る目あるよ新郎。仕事が忙しくて、なんて言い訳せず細やかに気を遣って頑張るに違いない。

駅まで送っていく途中で、「だから週末もあんまり会えないかもだけど」と言われた。

「春になったら落ち着くから……ごめん、引き受ける前に相談すればよかったかな」

「されたって、やめとけとまでは言えないよこっちも。萩原の人間関係だし」

ああ、いやだな。俺が決めることじゃないって言いながらずっとマイナスな意見ばっかり。同僚だから年度の区切りの多忙を知っている、でも部署が違うから肌身では実感できない。半端《はんぱ》にようすが見えるのって却《かえ》ってよくない。

「……無理して体調崩したりすんなよって、それだけ」

「平気だよ、半井《なからい》さんだって忙しいっしょ」

転居、大小の異動、それに伴《ともな》う社宅の手配、新入社員のための準備、翌年に向けての選考もとっくに進んでいるし、各部署の座席の配置から内線番号のチェックまでこまごまと。

「そうだな、各種書類出すのぎりぎりなやついっぱいいるし、やっと出したと思ったら判子《はんこ》洩《も》れてたり足りない証明書あったり源泉徴収《げんせんちょうしゅう》って何ですかって訊いてきたり……」

「あー……気をつけます」

「ほんとだよ」

ひと気《け》のなくなった商店街を通ると、声はすこしよく響く。膝まで下りたシャッターの向こうからモザイク模様の床に、明かりが忍び出ている。これ、何屋だったっけ。

「何かさ、俺は最終的に自分で帳尻《ちょうじり》合わせればいいやって働けるけど、他人の都合を待たなきゃいけない仕事って大変だなーと思う。こっちでペースつくれないでしょ」

「でも俺は真夏も真冬も雨の日も雪の日も外出なくていいし」

「えーそっちのほうが絶対やだ。息抜きできないじゃん。たまに一日会社から出ないで仕事してると、俺窒息《ちっそく》しそうになる」

「気が合わねえなー」

「ほんとそう思う」

電車を見送って、同じ道をひとりで帰ると、さっきのシャッターはもうぴっちり閉ざされていて、かすれた青いペンキの屋号でそこが「履物店《はきもの》」だったのを思い出した。


次の土曜日は、整が一顕の部屋に泊まりに行った。そのほうがいろいろ準備を進められるだろうと思ったからだ。こっちは適当にＤＶＤでも観ていればいい。

「二十年ぐらい前の幹事ってみんなどうしてたんだろう」

ノートパソコンを開いた一顕がつぶやく。

「ネットの情報なしで店探すとか考えられん」

「テレビとか雑誌？　東京ウォーカーって創刊してたかな」

二十年前にも一顕みたいな要領と気のいいサラリーマンがいたに違いないし。

「店決まった？」

「んー、前行ってよかったとことか、仕事で使って融通《ゆうずう》効きそうなとこが軒並み予約取れなくて。映像と音響の設備あって料理もそこそこの店って案外限られるからなー。新婦は立食だとみんな落ち着けないからいやだって言うんだけど、新郎は席決まってないほうがいろんな人としゃべれていいって主張するし」

「いきなり難航《なんこう》してない？　大丈夫？」

「新しく店開拓すると思えば、まあ。うまかったら半井さんとも行けるじゃん」

想定外があっても気持ちを切り換えて腐《くさ》らないのが一顕のいいところだった。自分ならもう引き受けたのを後悔し始めていると思う。貸切りのパーティプランなんて、かなり前に押さえておかないと難しいに決まっている。

「基本的には俺たちに一任って言質《げんち》取ってあるし」

俺たち？　その単語に整がはっきり反応するより早く一顕が「そうだ」とローテーブルの向かい側から携帯を差し出してきた。

「これ、いつでも見ていいから。パスコードは俺の社員番号、って分かんないか。メールしとく」

「え、何だよ急に」

「新婦の友達の、代打幹事といろいろ相談しながら動かなきゃいけないんで。半井さんといる時に携帯見たり電話するかもしれないし、店の下見とか、打ち合わせとか試食とか……ふたりだけって時もあると思うけど、心配しないで」

「心配しないよ」

「えっ、してよ」

パソコン越しに一顕が一瞬まじめな顔で訴えた。

「……っていうのは半分冗談だけど、オープンに覗いてもらうとむしろ俺が安心するから」

ほらほら、と促《うなが》されてＬＩＮＥの画面を見る。名前と、何だか情けない顔をした雑種犬のアイコン。

「えー」

「何で犬？」

「実家で飼ってるらしい」

そして整は、今のところメールでこと足りるとＬＩＮＥをしていないので、一顕のアイコンも初めて見た。整も持っている、銀色のスティフナー。あ、どうしよう、ちょっと嬉しい。

「会話の、最初のほう見て」

「んー？」

ふきだしをさかのぼると、いちばん最初は「どうぞよろしく」的な自己紹介、その後、彼女のほうが「アイコンの写真、何ですか？」と尋ねていた。

『スティフナー、知らない？　シャツの襟《えり》の裏に入れとくやつ』

『あ～！　新しいハッピーターンかと思いました』

「何味だよ……」

思わず突っ込むと「絶対まずそうですよね」と一顕が笑った。

「この人いくつ？　天然なの？」

「同い年、で普通。常識あるし」

「ふーん……」

何ら後ろめたいにおいのしない「お店どこらへんがいいですかねー」という業務的な応酬《おうしゅう》が並んでいる。整は「ありがと」と携帯を返した。

「え、もう見ないんすか」

「だってどこも怪しくないし。ていうかまじで隠れて連絡取ろうと思ったらいくらでもできるだろ」

「じゃあほかのも全部見ていいよ」

「だからいいって、もう」

整は若干《じゃっかん》不機嫌に答えた。

「何でそんな疑われたいの？」

「違うけど」

一顕のこだわりが分からないわけじゃない。自分たちが「隠れて」「携帯で」始まったから。でも整は「携帯を見ていい」と言われると、安心よりも始まりにまつわる重い気持ちがよみがえってきてしまう。後悔とは違うし、同じものが一顕の中に沈んでいるのも知っている。整はそれにできるだけ触れたくない、ふたりの間の暗黙の了解にしておきたい、けれど一顕はふたりで踏み越えていきたいのだと思う。整と全然違う一顕。

夜中にそんなことを考えていたら眠れなくなり、ベッドの中でこっそり携帯をいじり始めた。あの頃と違う機種だけど一顕と交わしたメールのデータだけはちゃんとレスキューして移行ずみだ。ああ、こんなこと言ってたな……最初の一通から読み返し始めると、素性を知る前でも後でも、まだ「他人」の一顕がいる。今、整の後ろで寝息を立てている男と別人みたいな気がした。

急に、もやっと怖くなって寝返りを打ち、存在を確かめる。よかった、ちゃんと萩原だ。熟睡から覚めて、ふっとベッドのどちら側が壁だか分からなくなる時みたいにささやかな混乱が生まれたので。もともと眠りの健《すこ》やかなタイプだけど、仕事と幹事業で疲れているせいかいつも以上にぐっすり寝入っているように見えた。その枕元で充電ケーブルに繋がれた一顕の携帯を見下ろす。

俺たち、って言ってた。

ＬＩＮＥで、自己紹介の次に「代打同士頑張りましょう」ってあった。

心配はしていないけど、ちくっとこなかったといえば嘘になる。こんな静かな夜に目が冴《さ》えてしまうと、そのちいさな痛みを意識せざるを得ない。整はそっと一顕の携帯に手を伸ばし、ケーブルを抜いた。途端に心臓の音が体外に洩れそうに大きくなる。

これ駄目だろ。いつでも何でも見ていいって言われたからって、寝てる間に、なんて勘ぐってるみたい。でも何かを暴《あば》きたいというよりは自分のささやかな嫉妬の傷をもう一度確認してみたい誘惑に駆られて、整は教えられたパスコードを入れてロックを解除し、ＬＩＮＥを開いた。二次会のために引き合わされて知り合ったのだろうから、出会ってまだ数日。量はそんなにない。互いの職業を申告し合って、じゃあ土日祝は基本的に集まれますね、という文言《もんごん》があって。

『私今、スロージューサー気になってるんですよー。萩原さんの会社のでおすすめとかありますか？』

『うち一種類しか出してないんだよね。量販店で比べるのが一番じゃないかな？　もしうちのがいいと思ったら、調理家電の営業担当者につなぐけど。女の子だったら割引してくれると思うんで』

『いえいえいえ！　定価で買います！　ありがとうございます』

焦《あせ》った顔の、犬のスタンプ。

昼間は読み流したのに、真夜中で精神状態が独特なせいだろうか。これってただの雑談？　この子ちょっと萩原のこと気に入ってない？　向こうの問いかけよりは、一顕のややそっけない文面にそんな予感がしてしまう。実際に会って話した一顕には何かしら感じるところがあって「ほかの男紹介するよ」的なけん制とも取れる返信をした。やたら整を気遣っていたのもそのせいかもしれない。

……って、分かったところでどうしようもないな、と思った。こっちからは手の出しようがない人間関係だし、期間限定の話だ。一顕はもてるけど、鼻にかけないし思わせぶりを楽しむ悪趣味もない。自分で判断してちゃんと一線引ける。心配していないというよりはしようがないというべきか。

でも、一顕のかつての恋人だって同じように思っていただろう。そう考えた時、今度はずきっと強い痛みがきた。ああ、よくないな、やっぱりよくない。整は携帯を戻してケーブルを挿《さ》すと、ベッドに潜った。一顕のぬくもりより、シーツに残っていた自分の体温に安堵した。縄張りみたいな感じがしたから。

一顕と過ごす予定がないと、整の休日は途端に手持ち無沙汰《ぶさた》になる。昼前まで寝て、溜まった洗濯と平日見ないふりをしているところの掃除をして買い物をして、それでもまだ夕方だ。テレビを見る気にも外へ食べに出る気にもなれず、ベッドの上でだらだら携帯を触っていたが、そのうちニュースサイトや映画情報を見るのにも飽きて、ふと足立《あだち》のツイッターを覗いてみる。「嫁がアカウント作れって言うから」と当人は消極的でほとんど稼働《かどう》していないので、暇な時は足立のフォロー先やフォロワーを数珠繋《じゅずつな》ぎに辿《たど》って遊んでいた。会社の人間の意外なつながりなんかが見えて面白い。

寝転がって気ままにタイムラインを巡《めぐ》っていると、リストに見覚えのある犬のアイコンを見つけた。これって。動物の写真なんてありふれてるから勘違いかもしれないけど、一顕が新郎と仕事つながりである以上、新婦、その友人……で交流の糸が足立に行き着く可能性はある。

ちょっとためらったが、整はそのアイコンのアカウントに飛んでみた。ごく最近始めたらしく、つぶやきは30もない。フォローもフォロワーも片手以下。自己紹介は「ひとりごとです」だった。でも公開してんだよな、と思いつついちばん下、つまり最初の投稿から見た。

『やばい』

『やばいです』

『あー』

一四〇文字もいらなさそうな断片がいくつか続き、

『すてぃふなーって初めて知りました』

『バカだと思われたかな？』

予期していたけれど、本当に当たっているとどきりとする。日付から言っても間違いない、あの子だ。

『やっぱ彼女にもらったのかな？』

『自分で買って、わざわざアイコンにしないよね』

『気になる……』

いいえ、本人が買いました。整はいつの間にか起き上がって画面を凝視《ぎょうし》していた。何だろこのそわそわする感じ。偶然発見した鍵をかけていないつぶやきを、何ら不当な手段を用いず閲覧《えつらん》しているだけなのに、悪いこと、というかいけないことをしているような。

あいつ知ってんのかなこれ——……いや、ないな。一顕はＳＮＳにまめじゃない。ツイッターはやらないし、フェイスブックも単なる冠婚葬祭の窓口みたいなものだ。第一、相手の気持ちをはっきり把握していたら整に言うだろう。

『イラレ使えますとか言っちゃった』

『だってお店のリストアップとか、景品の手配とかほっといたら全部やってくれようとするから』

『ちょっとでもいいとこ見せたくて』

『とりあえずチュートリアルで勉強しよ』

確かきょうは、会場候補の店の下見に行って条件が合えばそのまま予約する、と聞いている。じゃあ本人は今、一顕と一緒にいるのか。焦《あせ》りとか嫉妬はなくて、どんな気持ちなんだろ、と想像が膨《ふく》らんだ。ツイッターの印象だと射止める気満々でもなく、むしろ一顕にその気がないのは察していそうだ。

整は敢《あ》えて携帯を持たずに外出した。料理のペースがおっとりしているレストランで夕食を取り、バーで二杯飲んで、帰ってゆっくり風呂に浸《つ》かってからもう一度携帯に触れる。

『終わったー』

新しい一言。

『最大の関門はクリアできた』

どうやら無事に決まったらしい。

『ちょっと酔ってる』

『約束の三時間前にネイル剝《は》がれてんの気づいて飛び込みでやり直してもらった』

『まあ全然言及されませんでしたけど』

『ていうか、あの人は指が長くてかっこいい。指も』

『途中から指を肴《さかな》にお酒飲んでた』

『あの指に指を絡《から》めていい女子が地上に存在するという事実』

『ガッキーより雲の上だなー』

俺も、と思った。俺も指好き。指も好き、か。まどろみながら寝床の中で探る指、交歓《こうかん》のさなかで唇の間に差し入れられる指、いろいろ。日曜の夜だから、行ったり呼んだりできないのにものすごく会いたくなってしまった。


『まだ会社いたりする？』

残業中の午後九時頃、そんなメールが入った。

『そろそろ帰ろうかなと思ってた』

『じゃあコーヒーだけつき合って。あと十五分ぐらいで着く』

『外？』

『いや、戻って一件見積もり作んないとだから』

『分かった』

人のいないリフレッシュスペースで待ち合わせ、コーヒーを飲みながら一顕が携帯を取り出す。

「ごめん、ちょっと、ＬＩＮＥ見ていい？」

「どうぞ」

ややあって一顕が「お」とちいさく声を上げた。

「何かあった?」

「見て」

『これでOKもらえました〜』というメッセージに画像が添付されていた。

「……招待状?」

「そう。新婦がここで作りたいっていう活版印刷のカード屋みたいなのがあって。ただそこ、オリジナルのはIllustratorの完成データしか受け付けてないから、どうしようかなって思ってたんすけど」

「わがままだなー」

「結婚式のも一式そこで揃えたらしいから。ほら女の子ってちょっとそういうとこあるでしょ、統一感重視ていうか。予算的にギリだから外注も厳しかったんだけど、例の幹事の子が作ってくれたから助かった」

「ふーん、よかったじゃん」

「うん、センスいいし、特技あるのってすごいなー」

違うよ、と言いたかった。特技じゃなくて、すごく頑張ったんだよ。お前の力になりたいから、喜んでほしかったから。直接的には「一顕のため」のことじゃなくても。

でも言ってどうなるって話だよな、ていうかあの子のツイッター偶然見つけてチェックしてるとかばれたら引かれそう。整は口をつぐんでおいた。十分足らずで別れて帰りの電車でまたタイムラインに飛んでしまう。

『えへへ』

ああ、あいつちゃんとお礼言ったんだろうな。きっとあいつらしい丁寧さで。よかった、と心から思った。


こっくりこっくり、メトロノームみたいに規則正しく揺れていた一顕の頭が、とうとうこてんと整の肩に落ちてくる、と思うとぱっと元に戻り「ごめん」と目をしぱしぱさせた。

「いいよ、寝てろよ」

リモコンでＤＶＤを一時停止にする。

「でもこれきょうじゅうに返さなきゃ」

駅まで送るついでに、レンタルショップへ寄るのが慣例だった。

「あしたの朝、出勤する時返却ポストに入れてくから。ベッド入れば？　九時頃起こしてやるし」

「え、観《み》ずに帰れってこと？」

「眠気に負けてるぐらいだからいいだろ」

「えー」

一顕は不満げに口を尖《とが》らせたが、すぐに整の手からリモコンを取り上げ、電源を完全に落としてしまう。

「俺まだ観るよ」

「だめ。一緒にベッド入る」

「勝手に決めんなって」

「大丈夫、何もしないから」

「絶対何かする時の台詞《セリフ》だし……」

「それでしなかったらがっかりでしょ」

「大人ってわけ分かんないよな」

電気を消して交わるのに、夕方の陽射しはちょうどよかった。真っ暗じゃないけど、恥ずかしくていたたまれないほど明るくもない。肌に這わされる指の影が淡く整に落ちた。

顔も知らないあの子が、ただ見ているだけの指。そう思うと身体の内側にまで橙《だいだい》の翳《かげ》りが落ちてくる。頬に添えられた手に手を重ねる。整のなかで一顕の性器を愛撫して、一顕が一生懸命終わりを引き伸ばしながら整のなかを貪《むさぼ》っている時の、甘苦しい表情がたまらなくかわいい。男で、子どもで、動物で。汗ばんだ——整の汗かもしれないけど——しょっぱい手のひらに繰り返しくちづけ、舌でまさぐった。

「どうしたの」

動きながらささやかれる。

「何か、からだ、違う。ちょっと間空いたからかな」

「変わんないよ」

「や、違う……でも、いいよ、すごくいい」

頭は、刻々と傾いていく西陽《にしび》から整を隠すように、全身で抱きしめた。


一顕がシャワーを浴びている間に、また携帯を見てしまう。最終的な人数は、とか、いつまでに確定させてお店に伝えるか、といった幹事としての打ち合わせ内容が続く。

『今日は、変なこと訊いてすみませんでした』

『気にしてないよ。あと一ヵ月切ったけど、当日まで頑張ろう』

その、変なこと、が何か整は知っている。彼女がつぶやいていたから。


『もっちが前カノの写真見せてくれた』

おそらく新婦か、共通の知人の誰かだろう。

『大勢で写ってても分かるぐらい、明らかに美人だった。凹《へこ》んだ』

ああ、きれいな子だった、俺もよく覚えてる。

『何で別れたんですかって聞いちゃったよー』

『すごい変な空気になった……』

『スルーしてくれたけど、怒ってるかもしれない』

『らいんきた』

『当日まで頑張ろうとか、その後つながる気なしってことですよね』

『はあ……』


風呂場の扉が開く音がしたので携帯を元に戻す。最初にこっそり見てしまったから、もう「見せて」と言いにくいのだった。

「今週の土曜日、ちょっと遠出することになったんすけど」

その整に、一顕のほうが言いにくそうに切り出す。

「二次会がらみ？」

「新婦の親友が群馬に住んでて、サプライズでコメントもらいに行ってくる。子どもがちっちゃいから披露宴《ひろうえん》は泣く泣く諦めたらしくて」

「車？」

「ん、ちょっと交通の便悪いから。一日仕事になりそう」

「そっか、気ぃつけてな。あっちの幹事の子と？」

おずおず申告するからには、当然そうなのだろうけど。

「うん。親御《おやご》さんに車借りてくれるって」

ドライブデートか、テンション上がるな……ってこれ、誰目線だ？　性格悪いかな、俺。裏側から覗いて優越感に浸《ひた》りたいだけなんだろうか。

でも整だってそれほど自分に自信があるわけじゃない。二次会の幹事に駆り出されて忙しくしている一顕を見ると、大げさでなく、住む世界が違うと思う。本来はパートナーぐるみでいろんなつき合いを広げてどんどん外に出るタイプなのに、インドアな整に文句も言わない。そもそも男だし、堂々と他人に紹介できる相手じゃないと、お前の社会が狭くなっちゃうんじゃないの、と、すごく怖い。恐怖を和《やわ》らげてくれるのは、どんな言葉より約束より、セックスだった。お互いじゃないと駄目なのだと、ぴったり抱き合う時がいちばん実感できる。そして効き目が永遠じゃないから繰り返す。要は肉欲に逃げているだけなのかもしれないが、整はそういう自分を汚く思わない。一顕が思わないでいてくれるから。

「半井さん？」

黙りこくった整に、一顕が尋ねる。覗き込まれた顔の近さに後ずさった。

「なに？」

「何でもないよ」

さっきまで全身で密着していたのに、今さら急にどきどきするなんて恥ずかしくて言えなかった。

『お弁当作る、とかないよね。絶対ありえないよね』

『って思ってたら「付近でおいしい店調べとくね」だって』

『優しいけど容赦《ようしゃ》ない感じ』

『でもあした、楽しみ。もう何なんだろう、私』

よく晴れていた。車で遠出するのには絶好の日和《ひより》で、整はやっぱりよかったと思う。まる一日タイムラインは音沙汰《おとさた》がなくて、一顕といる瞬間には携帯を触るどころじゃないからだろう。いつだって「過去」しかつぶやいていない。

深夜になって、新しい投稿があった。

『帰ってきた』

『何もなかった』

『何もないって分かってて何もなくて、当たり前なんだけど、脱力感がすごくて玄関から動けない。夏休みの終わりみたい』

『失恋以前のレベルだというのに』

『でも楽しかったよ』

『運転してる横顔、ずっと見てた』

整の指先からも力が抜けそうになって、携帯を握りしめる。

嫉妬じゃない、監視じゃない、優越感も勝利の喜びもなくて。ただ整は、彼女の目を通して一顕に恋をしていた。おかしいだろうか。恋を意識するより先に打ち解けてセックスしてしまって、ある意味すっ飛ばしてしまったものがそこにあった。

こっちを見て、すこしでもいいから、と痛いほど願って、見栄を張って一喜一憂《いっきいちゆう》して自己嫌悪に沈んで。だからいつもと調子が違っていたのは身体じゃなくて心だ。

乗り移ったような片思いから我に返れば成就《じょうじゅ》という今が幸福で幸運だと噛みしめるからやっぱり自分は意地悪かもしれない。ごめんね。でもあげない。大好きなんだ。

春が来たら返してもらうから。

桜はこの週末が盛りだということだった。前に一顕と見たのはもう終わりの桜だった。整は葉桜がいやで、一顕は「ピンクときみどり一緒に楽しめるから嫌いじゃない」と言った。やっぱり気が合わない。でも今年、一緒に見たら整も嫌いじゃなくなるかもしれない。もう、一年経《た》つ。

『全部終わりました』

と彼女がつぶやく。

『すっごい急いで、帰ってっちゃった。あー、好きな人いるのねー、って分かる顔で。くそう』

整は手ぶらで家を出る。商店街を抜けて駅でじっと待つ。やがてやってくる電車から一顕が降りてくる。

ちょっとよそ行き仕様に髪を固めていて、整も「くそう」と思ってみる。恋をした後にもまた恋をする。その髪を、自分の指でぐしゃぐしゃにするところを想像してどきどきする。アルコールと整髪料と誰かの香水、とにかく大勢の、にぎやかな場の匂いを連れて帰ってきているけど、それも全部ぐしゃぐしゃにしてやる。でもまず、携帯見てたごめん、って謝ろう。

どこでつけてきたのか、スーツの肩口に桜の花びらが一枚くっついていて、整はそれをつまみ取りながら「やっと返ってきた」とつぶやいた。

その他掌篇

(mellowrain)

Sonotashouhen

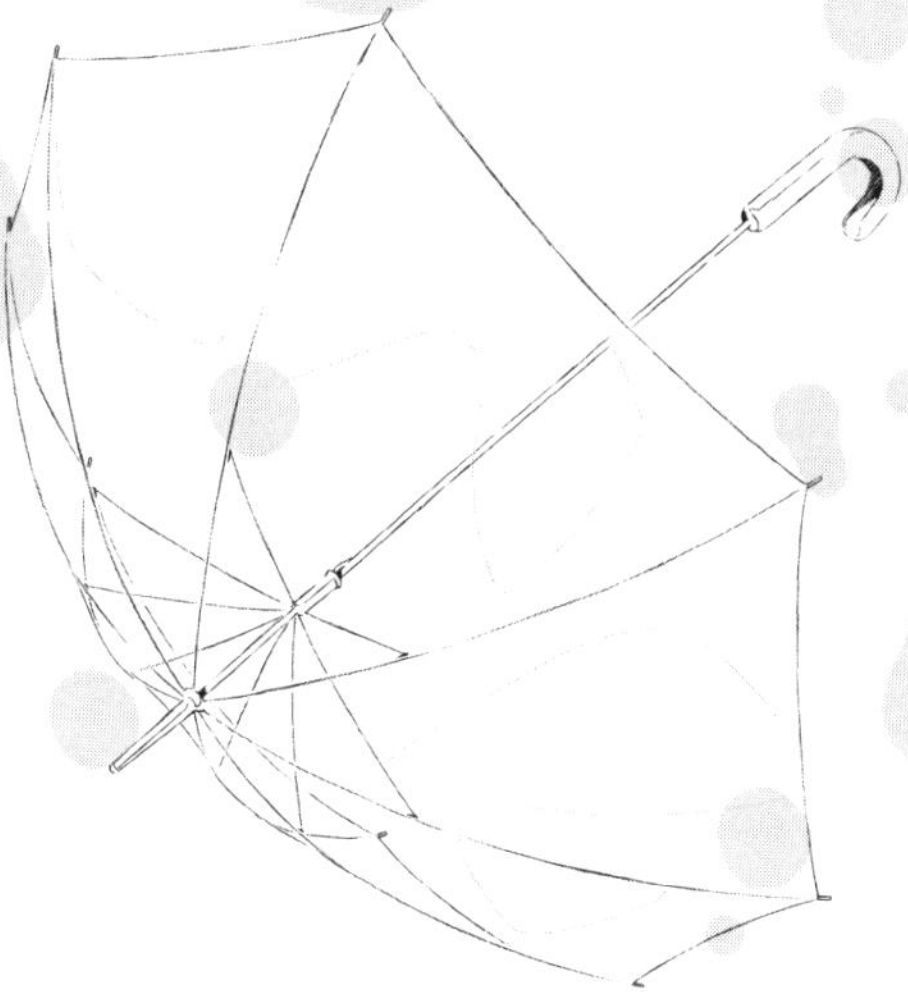

「ユアーズ」に出てくるのは「ダンシング・ヒーロー」という映画です。

荻野目ちゃんではありません。

恋と青春と家族愛の名作！

「In The Garden」は、「ナイトガーデン」未読の方には分かりづらくてごめんなさい。

by Michi Ichiho

深夜に目が覚めた。ベッドの半分は空《から》っぽだったが、こちらに背を向けて座る姿をすぐに見つけられた。その奥でテレビがついているから、輪郭《りんかく》はうっすらと明るい。

「半井《なからい》さん」

「ごめん、起こした？」と整《せい》が振り返る。

「眠れないんすか」

「んー、テレビつけっぱで寝るくせついてて。よくないって分かってんだけど、ないと物足りない」

「じゃあ、きょうもつけててよかったのに」

「うるさかったら悪いから――こっち来る？」

並んでベッドにもたれる。真夜中の埋《う》め草《くさ》的に昔の洋画を再放送しているらしかった。

「俺、やばいかな」

「何が？」

「テレビばっか見ちゃうのが。テレビ断《だ》ちしなきゃと思いつつ、こないだはブルーレイレコーダーも注文しちゃったしさ」

「社販で？」

「そう。つーか家電みんなそう。トータル十万単位で得してる。初めてうちの会社入って良かったと思った」

「初めてって」

真顔で言うから笑った。

「BGM代わりにテレビって便利ですよね。でもそのうち飽きるっていうか落ち着きますよ」

「そうかな」

「うん」

肩口に、こてんと頭が落ちてきた。もっと際どいこともたくさんしたのに、こんな些細《ささい》な接触にどきどきするのはどうしてだろう。恋愛の回路ってふしぎだ。

「この映画、知ってる?」

「や、初めて……だと思う。半井さんは?」

「微妙に見覚えがあるようなないような。親が見てたのかも」

「どんな話?」

「今んとこ、ダンスしてる。社交ダンス?の青春もの的な」

確かに、ダンスのコンテストがどうこう、というような台詞《セリフ》を、吹き替えの声優がしゃべっていた。ひと昔前の少女漫画に出てきそうな、冴《さ》えないどんくさい女の子がいるなと思ったらどうやら本当にヒロインらしい。

「海外でもこういうベタさってあるんすね」

「深夜に地上波でやるにはぴったりって感じしない？　いい意味でB級っていうか」

「確かに」

有名な俳優が出ているでもなく、地球を救うでもなく、たぶん衝撃のどんでん返しも感動のラストもない、でもこうしてふっと起きて、何となく見るぶんには「適量」という気がした。そして、物語的に中盤だろうというあたりで、だいぶ垢抜《あかぬ》けてきたヒロインが、主人公と踊るシーンが流れた。

そこで整が「あっ」と頭を上げる。

「やっぱ俺、見たわこれ。親の後ろからちらっとだけど。ここ、覚えてる」

嬉しそうに横顔がほころんだ。

画面の中は夕暮れで、オレンジとピンクの混じり合った甘い時間帯だった。雑然とした下町にあるアパートの屋上で、ふたりがゆっくりとステップを踏む。まだ恋人じゃない。惹《ひ》かれ合い始めている、ほどの関係だ。その向こうで赤と白のネオン看板が瞬《また》き出す……印象的ないい場面だった。バックにはポピュラーなバラードが流れている。整がつぶやいた。

「……これってさ、別れた歌？　別れてからより戻す歌？」

「別れた後で思い出してるだけでしょ、スーツケースの中の記憶がどうこう言ってるから」

「でもサビんとこは、『何度でも迷ったら見つける』とか『何度でも倒れたら支える』じゃん」

「現実にってことじゃなくて、精神的な話なんじゃないすか」

「生き霊かー」

「夜中にそういうこと言うのやめてもらえます？」

「苦手？」

「苦手つーか……ねえ……」

別れた恋人を想う歌、がお互いにまだすこし痛いんじゃないかと思ったのだ。整もやっと思い至ったらしく「ああ」と一顕《かずあき》に向き直った。つくづく、繊細《せんさい》なんだか鈍《にぶ》いんだかよく分からない。

「ごめん」

「謝るようなことじゃないすよ」

気にならなかった、というのならそれに越したことはない。整にとってはわざわざ「思い出す」までもなく、いつも心のどこかに和章《かずあき》がいるのかもしれない。それでもいい。時間は力だから。知り合ってたかだか数ヵ月の一顕がやすやすと追いつけるはずがないのは分かっている。今、こうして傍《かたわ》らにいることを望んだ選択が正しかったのかどうかも、この先に続く時間だけが知っている。

そして、時間をどう積み重ねていくかは自分たち次第だ。

整の頭を軽く撫で、キスをした。これからよろしく、というあいさつ代わりのつもりだったのに、背中に手を添えられるとたちまち離れがたくなってしまう。

「……むらっときちゃった」

正直に申告すると、整はそっと笑い、手探りでリモコンを取ってテレビを消す。

結局、映画の結末は見届けられなかった。ＤＶＤって出てんのかなと軽い気持ちで検索してみるとどこの通販サイトでも新品は品切れで、結構なお値段の中古だけが「在庫あり」になっていた。そうか、ないのか、と思うと急にあの晩整が見せた横顔がよみがえってきて、一顕はつい割高な品を購入してしまった。いつでも買える、という状態ならたぶん「ふーん」で終わっていただろうに。

数日後、現物が届く。そこでさてどうしようか、と迷った。テレビ断ちって言ってたのに、ＤＶＤなんか渡していいのかな。そもそも、きっかけもなくプレゼントって、タイミングが難しい。誕生日はとっくに過ぎているし、クリスマスを待つほどご大層《たいそう》なものじゃない。理由なく何かを贈り、贈られていい間柄のひとつが「恋人」に違いないのに、時間は人を冷静にさせてしまう。

映画を見ている時の横顔が、本当に嬉しそうだった。思い出だけがもたらす表情というのが確かにあって、だから一顕は整をあんなふうには笑わせられない。もう一度見たいな、と思うのは一顕の勝手で、自己満足に過ぎなくて、いざ差し出した時「いや手元に置きたいとまでは思ってなかったけど、せっかくくれるんだから喜ばないと申し訳ないな」と思われてしまうかもしれないのが恥ずかしい。だからと言って「じゃあやめとこ」という踏ん切りもつかないし——ああもう。俺ってこんなに煮え切らなかったんだな。

新しい自分に出会うごとに、また整を好きになる。

金曜日の夜、仕事帰りにそのまま整の家に行った。

「お疲れ。風呂入る?」

「うん」

古いマンションだから、浴槽も洗い場も狭い。三角座りで湯船に浸《つ》かりながら、一緒に入りたいから今度はうちに来てって言おう、などと考えているとすりガラスの引き戸がノックされ、直後には応《こた》えも待たずに開かれる。

「萩原《はぎわら》!」

「な、何すか?」

やましいリクエストをもう察知したのか? んなわけない。

「これ!」

「あ」

差し出した手には、かばんの中に眠らせたままのＤＶＤがあった。整は浴槽の前にしゃがみ込むと、一顕の頬に手のひらをあて「これ、俺の?」と尋ねる。つまらない逡巡《しゅんじゅん》も自意識も一瞬で吹き飛ばしてしまう、子どもみたいに期待一色で輝く目をして。

「うん」

一顕は思わず手を重ね、大きく頷いた。

「半井さんのだよ」

「え」

真剣な同意に、今度は整がうろたえる。

「や、あの、ＤＶＤの話だから……あ、かばんに足引っ掛けて中身出しちゃって、まずはそれをごめんって言おうとしてて――」

「はい」と一顕は笑った。

「半井さんのです」

「ＤＶＤの話だってば！」

「分かってるってば」

「じゃあ何でそんな笑ってんだよ」

「半井さんこそ何で赤くなってんすか」

「暑いから！」

何度でも、何度でも訊いてほしい。

「俺の？」って。

俺は、何度でも「うん」って言うから。そうして時間が、一年、十年、百年と過ぎることを、一顕は祈る。


（初出：フルール文庫「ふったらどしゃぶり When it rains, it pours」購入者特典ペーパー／２０１３年９月）

雨上がりの夜空に

楽しい時間って、結局は借金みたいなものかもしれない、と思う。

別れる時、後ろ髪を引かれるつらさであがなわなくてはならないのだから。

アイスコーヒーの、空《から》になったグラスの中で氷がかたちを変えて崩れる、その、かりんという音をきっかけに切り出した。

「じゃあ、俺、そろそろ……」

どんなことでも、遠ざかっているとなまる。身体だけの話じゃない。一顕《かずあき》は結構長い間同棲していたので、「好きな相手の家からおいとまする」時の感覚を忘れて久しかった。タイミングというか呼吸というか、湿っぽくならず「うん、しょうがないよね。じゃあまた」っていう感じが、個人的にはベスト。

「あ、そうだな、いい時間だよな」

性差なのか個人差なのか、整《せい》の答えは至ってあっさりとしていて、ほっとしたのが半分、それはそれで残念なのがあと半分。

まとめるほどの手荷物もなく、立ち上がり、整の部屋を出る。「駅まで送る」と整もついてきた。

もうすこしここにいるのは不可能じゃない。もう一晩泊まり、朝早く起きていったん家に帰ってから着替えて会社に行く。そうしたい、という欲求と実は必死に戦っている。

なぜかというと、それをしてしまったらずるずる整のところに居座るか、自分の家に引っ張り込むか、いずれにしても深みにはまってしまいそうだからだ。半同棲、ってぎりぎりだと思う。今、自分たちのいけるぎりぎり。だからあえて、ぎりぎりの三歩手前ぐらいで線を引かなければならない。結婚という終点がないから、余計に。

恋愛の熱とはまったく別のところで、こういうことを考える。人間的に成長して「考えられるように」なったのではなくて、いつの間にか「考えてしまうように」なった。いいのか悪いのかは、よく分からない。

「ありがとな」

整の声は、夜のほうがよく通る。街が静かなせいばかりではなく、月や星と親和性が高いのだろう。

「何が？」

「部屋。いろいろ、きれいになった、つーかやっと完成したって感じ」

「そうかな。手ぇつけないほうが味があってよかったかも」

「あんま放置してると平岩《ひらいわ》に怒られそうだし」

がらんとした無人のガソリンスタンドの前を通る時、話し声は大きく響く。あちこちの家灯《あか》りを見て、あそこにはほかの場所に帰らなくていい人間がいるのかもしれないと想像してねたましくなった。

整は入場券を買って、ホームまできた。魔が差して電車の中に連れ込んじゃったらどうしよう。そんな危惧《きぐ》を抱きつつ電光掲示をぼんやり見上げていると、隣で整の笑う気配がした。

「ん？」

「いや……何かしゃべらなきゃ、って一生懸命考えてる自分がおかしくって」

「ああ、別れる手前って、そうですよね」

一緒に暮らしていたら、会話なんていくらでも後回しにできる。むしろ沈黙を分け合うことがぜいたくにも感じる。

でも、自分たちは違うから。

「つき合ってるって感じっすね」

「何だよ、今頃」

「急に実感しちゃって」

「まあこういうの、最初だけだけどな」

「そう、そのうち半井《なからい》さんは、見送りどころか玄関までも来ないで『帰んの？　あっそ』って言う」

「お前も『録画してたサッカー見たいから帰る』って言う」

ふたりでちいさく笑い合う。そんな日もくるかもしれない。「そんな日」がきてから思い出す「今夜」は、きりきりと甘く、胸を締めつけるのだろう。

楽しい時間は借金で、でも、借りたくないから誰とも出会わずに生きていくことはできない。すくなくとも一顕と、整は。

夜に穴を空《あ》ける、明るすぎるライトをまとった車両が近づいてくる。

まぶしさに目を細めるように、整が一度だけぎゅっと、一顕の手を握った。

（初出：フルール文庫「ふったらどしゃぶりWhen it rains, it pours」発売記念ブログ掲載／２０１３年９月）

In The Garden

帰り道は、行きよりだいぶ楽だった。貧血も収まったようだ。試《こころ》みさえすれば、案外こういうふうに慣れるものなのかもしれない。昔の整《せい》ならそれを後ろめたく感じただろう。傷が癒《い》えることは、もう会えない人を忘れるのと同義な気がして。でもそうじゃないと今は分かっているから。

孫、と運転席で平岩《ひらいわ》がつぶやいた。

「あれ、孫だよな、先生の」

「いや自分で言ってただろ、祖父って」

もっとも、故人からの裏づけは得られないので正確には「自称孫」か。

「いやーびっくりしたよ。まさか金髪が現れるとは思わないじゃん。地毛だよな？　あれ。目も緑がかってたし」

「石蕗《つわぶき》先生って奥さん外国人だったんだろ。って俺、お前から聞かなかったっけ」

「だって、血筋的には四分の一だろ、あんなくっきり出るもんなんだと思って。でも何か、いいよな」

「何がだよ」

「ほどよくマイルドになってるっていうか、ほら、あんま洋風の顔って気後《きおく》れするだろ？　鼻高！

とか彫り深！　とか……そういうバタくささだけ抜けて、いいとこもらってんなって感じ。ああいう子どもが生まれたら、親ってどんな名前つけんだろうな」

ああ、名前も聞かなかったな、と今さら気づく。

「あの外見でさー、庭からミント摘《つ》んでくるとか、ほんとに俺らと同じ現代日本に生きてんのかって思っちゃうよ」

「夜まで居座ってたら、食卓にディズニーみたいなキノコ並べてくれたかも」

「まじでか。もうちょっと長居すべきだったたな」

整の気を車から逸《そ》らそうとしてくれているのか、平岩はいつもより饒舌《じょうぜつ》だった。

「……庭、きれいだったよな」

整はつぶやく。

「そうだったっけ？」

「うん。さりげないけど、ちゃんと手がかかってる感じした」

「ふーん」

「そういえば小学校の時さ、何か忘れちゃったけど学年で花育てて、採《と》れた種に手紙つけて風船で飛ばすっていうの、やったことある」

「あー、ありがちありがち」

「今思うと結構やばいよな。やってる学校ってあんのかな」

「個人情報とか？」

「うん、変質者の家に落ちたらいやじゃん」

「誰にも拾われなかったらごみになるしな」

赤や青や黄色や、色とりどりの風船の、好きな色を選んでいいと言われて子どもたちは沸《わ》いていた。

あの時、仏頂面《ぶっちょうづら》をしていた幼なじみを覚えている。

――誰でもない人に手紙なんて書けない。

これを拾ったら種を植えてください、できたら返事をください、というカードを添える催《もよお》しに全力で抗《あらが》っていた。どうしてそんなことをしなければいけないのか分からない、種を無駄にしたくないのなら自分の手で確実に植えたらいいのだし、知らない人と知り合いたくなんてない……潔癖で頑《かたく》なな自我はあの頃から変わらなかった。

書庫の本を見た時、直感した。ああ、ここには和章《かずあき》がいた。過去形なのか、今もいるのか分からないけれど、どういう事情なのか知る由《よし》もないけれど、とにかく和章の気配があった。整然と並んだこれは、確かに和章の仕事だ。

だから整は、言った。

――俺は元気。

本人に届かないかもしれない、ひょっとするとひょっとするかもしれない、儚《はかな》いメッセージを風船で飛ばすように、あの、優しい庭の住人に託《たく》した。

「あ、ＳＡ《サービスエリア》見えてきた」

と平岩が言う。

「寄ってくか？」

「いや、いい」

「無理すんなよ」

「大丈夫。……早く帰りたいし」

車で出かける、と言ったから、やきもきして待っているだろう一顕《かずあき》のところへ。整の秘密の庭へ。


（初出：フルール文庫「ナイトガーデン」発売記念ブログ掲載／２０１４年５月）

春景淡景《しゅんけいたんけい》

ようやく暖かくなった陽射しを浴びてふかふかした土や、そこらじゅうで顔を出す新芽が受け止めてくれるせいだろうか、春の雨は音さえやわらかい。夜半まで睦《むつ》み合った身体の肌やら耳やらに優しくしみて幾重《いくえ》にも波紋を作り、その輪がいちばん広い径で途切れたとき、ふっと目を覚ます。

「……雨」

整《せい》のつぶやきと同じくらい半生《はんなま》の声で「降ってきてんね」と答えがある。

「きょう、どうする?」

特に予定は決めていなかった。仮に決めていても、一顕《かずあき》はよほどアウトドアな用事でない限り「雨天中止」を選ばない(そして整とアウトドアなイベントを行うことはまずない)。警報レベルの大雨や台風は別にして、雨なら傘を差して出かければいい、駅や建物の中なら降られないし、服は乾かせばすむ——そんなふうに、雨に足止めされない気の持ちようが一顕にはある。雨に足止めされてこうなったふたりなのに、おもしろい。

仕事中に雨に遭《あ》い、朝磨《みが》いた靴が汚れたりするほうがうんざりする、と一顕は言う。だからプライベートでの雨天は気にしない、そういう恋人につられて、次第に整も、傘を携《たずさ》えて出かけるのを面倒に思わなくなった。灰色に沈むガラスの向こうを水滴が流れていくのをぼんやり眺めて電車に乗ったり、いつもより人のすくない大通りを歩いたり、大きな窓のあるバーで、水槽に沈み込んだみたいにひっそり酒を飲むのが楽しいと思うようになった。傘のぶんだけいつもより離れて歩くと、いつもと違った横顔にも出会える。雨の日にしかできないことがあると知ったら、雨は憂《ゆう》うつじゃない。

「んー……そうだ、桜見に行こうか。週末の雨で散っちゃうって、きのうのニュースでやってた。ぶらぷら歩くだけ」

「いいよ、どこ？」

すこし遠くの名所まで足を伸ばしてもいいし、近所の公園や、学校の桜を塀《へい》越しに見上げるというお手軽なプランもある。

一顕はすこし考えて「あそこにしよう」と言った。

「昔通《とお》った、あの公園。結局、あれっきり行ってない」


「俺、会社に傘忘れてきてた。萩原《はぎわら》、貸して」

「ビニ傘でいい？」

「うん」

「以前」と「昔」の間にどれほどの時間差があるのか知らないが、まだお互いを本当には知らなかった（そして知る直前の）春、一緒に歩いた記憶はもう「昔」と呼んで差し支《つか》えなさそうだ。雨脚は強まりも弱まりもせず、単調な練習曲を繰り返すように降り続いている。

「あー、結構散ってんな」

寒さに固く耐えたつぼみが、いっぱいに開いて人目を和《なご》ませる頃にはもう弱っている。そよ風や雨だれに負けて花弁《かべん》を落とす。咲き誇《ほこ》る、なんていう時期はないのかもしれない。盛りは終わりの始まり。でもそこここに隙間のできた枝には、ちゃんと生まれたてのやわらかい緑が覗いている。

「半井《なからい》さん、今でも嫌い？」

「え？」

「葉桜が嫌いって言ってた」

「ああ……」

桜の真下に立って見上げる。透明なビニール傘の曲面に無数のしずくが浮いて景色をぼやかし、花と花の境目が水に溶けてにじむ。

「嫌いだった。残った桜が、何かにしがみついてるみたいで、もう無駄なのにって、勝手にいらいらしてた。でも、当たり前だけど、花にはそんなの関係なくて、ただ時間を過ごしてるだけなんだよな。きょう咲いててもあしたには散ってて、それが悲しいとかすっきりするとか、ぜんぶ人間の勝手で……」

自然に任せて生きる、というルールからはみ出した人間のひがみで。

「……今は嫌いじゃない。萩原が言ってたみたいに、ピンクときみどり両方あっていいなと思う」

「え、そうだっけ?」

「言ってたよ、何で自分の言葉だけ忘れてんだよ」

「そんなバカっぽいこと言ったっけと思って」

「バカっぽく言ってくれたんだよ」

整は言った。

「俺がやばい人みたいな感じだったから、あっけらかんとしててくれたんだろ」

「あ、そうかも、あの頃の半井さんやばかったよね、へたに触っちゃいかん人だと思ってた……自分で言ったんだろ、何でむっとしてんの」

「ざっくり同意しすぎ」

「別に悪口じゃないって」

一顕は苦笑して自分の傘をたたむと、「そっち入れて」と整のビニール傘の下にやってきた。

「狭い、濡れるよ」

「いい」

互いの肩を春の雨にさらし、反対の肩をぎゅうぎゅうくっつけ合って花を見る。こんな日が来るなんて、「昔」は考えもしなかった。

「……萩原は」

つぶやきにもぽたぽた水が落ちる。

「何の不自由もなく見えた。いきいきしてて、バランスがいいっていうかさ、十人いたら十人が、お前の何かしらをうらやましく思うんだろうって——……何にも知らなかったから」

「そうだね、俺も半井さんのこと、ただ気難しい人だって思ってた」

「俺たち勝手だな」

「自分のことでいっぱいいっぱいだったから。でも、俺はあの頃の気難しい半井さんも好きだったけど……好きっていうか、目が離せない感じ」

「今は簡単?」

「難しい時もあるけど、ああいうあやうい雰囲気ではないかな。……『あの半井さん』は、永久に俺のものじゃないんだよ。素直にそう思う」

「……うん」

一顆にだって、前の恋人のところに置いてきた自分があるのだろう。そつのない同僚という顔の裏に抱《かか》えていた焦燥《しょうそう》や寂しさや。自分たちは、埋《う》め合ったんじゃない。いびつな穴ぼこはそのままに、ふたりで新しい場所に新しい関係をつくった。

「あ」

雨に打たれた花が、かたちを保ったまま傘の上に落ちた。思わず指を伸ばすと、骨組みの向こうで透明な膜《まく》が突っ張る。

「取れないって」

一顕が笑う。

「……分かってるよ」

どんなに伸ばしても届かないもの、手に入らないもの。

「笑いすぎ」

代わりじゃなく、手に入れたもの。傘の露先からしたたった雨が笑うように肩を叩く。届かない花をまぶたの奥にしまって目を閉じる。

「……あの、美術館も寄ってみる？」

唇が離れてから尋ねると、一顕は「いいや」と首を振った。

「昔話みたいに、廃屋《はいおく》になってる気がして怖い」

「まさか」

「そうなんだけどさ」

「ちょっと分かるけど」

あそこで見たものが、夢だったみたいに。今こうしている自分たちも、夢みたいに。春の雨はどこか現《うつつ》の感覚をあやしくさせる。だから身体を寄せて、手をつないで、確かめずにはいられない。


翌朝は、きれいに晴れ上がっていた。早くに目が覚めて、朝食の買い出しがてら散歩すると、川に半《なか》ば覆《おお》いかぶさって重たげだった桜並木が、ほとんど花を落としてしまっている。花びらは水面を桜色で覆い、花筏《はないかだ》というけれど、確かにそっとつま先を落とせばそこに立ててしまえそうだった。

「きれーだね」

「うん」

空気も雨に洗われ、川を吹き渡る風はすこしひんやりと澄んでいた。いっぱいに浮かぶ花びらがさざめく。春を弔《とむら》っているようだった。流れのまま、二度と会えないところへ遠ざかっていくものがあるように思えてならなかった。

（初出：デビュー10周年記念キャラクター人気投票中間発表お礼こばなし／2017年3月）

answered pray

（※「long hello」収録の「little prayer」と併せてお楽しみ下さい）

大学時代の友人の結婚式があり、披露宴《ひろうえん》、二次会とお邪魔した。余興《よきょう》も幹事も回ってこなかったので純粋にゲストとしてゆったり楽しめたし、二次会のビンゴでは、結構いいランクの景品が当たった。

『はーい、新郎友人の萩原《はぎわら》さんにペアのシャンパングラス！　皆さん拍手～。おめでとうございまーす、一緒に飲む人いますか？』

「はい」

『だそうです、あー女性陣があからさまにがっかりしてますねー、残念でした！』

席に戻ると、口々に「お前相手いたの？」と突っ込まれた。

「あのネイリストの子と続いてたっけ？」

「バカそれいつの話だよ、とっく別れたって言ってたじゃん」

「結婚決まってる？　俺来年だからかぶり避けたいんだけど」

それらの攻撃を適当にあしらい、「グラス、バカラ？」と無難な質問には「違うみたい」とまともに返した。詮索《せんさく》が込み入った時の対処として、ひとつふたつ答えておくと後は煙《けむ》に巻きやすい。

「どこだろ」

無地の紙袋の中には、白い箱が入っていた。外側の青いリボンを行儀悪くほどき、箱の蓋《ふた》を開けると、青いビロードにふたつのタンブラーが収まっている。おお、いいじゃん、と周囲から声が上がった。ここを持て、ということなのだろうか、シルバーの台座で底を守られている、無色透明のタンブラー。一顕《かずあき》も、かしこまりすぎていないのがいいと思った。高級な食器というのは、独身サラリーマンの日常ではなかなか使いどころが見つからずに死蔵《しぞう》されがちだから。

袋の底にぺらっと入っていた封筒の中は、ショップカードだった。製品の説明や取り扱い注意が書かれた紙の隅っこにブランドのロゴがあり、見た瞬間に一顕はどきりとした。

これって。

整《せい》が昔好きだった、一顕と同じ名前の男が所属しているデザイナーのグループだ。でも、何人かで構成されているブランドだから、あの「和章《かずあき》」が関わっているのかどうかは分からない。こういうの、つくるかな。ちょっと違和感があった。蒸留水みたいに無味無臭のものを手がけるイメージだったが、これは、華美ではないにしろ、飾り気や遊び心を含んでいる。

気になり出すと止まらなくなり、とうとう中座《ちゅうざ》して店の外で携帯を取り出した。ブランドのサイトから「product」のコンテンツに飛び、くだんのグラスの詳細を確認すると、やはり「和章」の作品だった。どうしよっかな、と一顕は考える。いや、別にいい、別にいいんだけど、半井《なからい》さんが、俺が気にするのを気にしたらいやだ。その整は今晩一顕の部屋で待っているので、持って帰ってひとまず隠すのは難しいかもしれない。ここでこっそり誰かにあげる……「一緒に飲む人います」って言っちゃったしなー。

正直なところを言えば、ひと目見た時からあのグラスを気に入った。つくり手を知ってもその気持ちに変わりはない。悔しいとか、何だよとは思わなかった。むしろ、向こうには向こうの生活と時間がちゃんと流れているのだと、奇妙な安堵があった。決して上からの目線ではなく。

いやー、しかしどうしよっかな。

携帯の液晶を見つめていると「萩原」と声を掛けられた。

「もうすぐ最後の挨拶《あいさつ》みたいだけど」

「あ、ごめん、行くわ」

「三次会は?」

「パス。俺、披露宴から出てるし」

「そっか。なあ、さっきのグラスのメーカー教えてくんない? 来月結婚記念日なんだ、俺も買いたい」

「ああ、じゃあショップカード渡すわ」

「いいの?」

「うん」

そうだ、あれさえ目に触れなければいい、と一顕は結論を出した。本体のどこかに刻印でもあるかもしれないが、整はたぶんいちいち見ない。でも、何の手がかりもなくても、誰がつくったものか気づいたら――その時はその時だ。整の態度を見極めて考えよう。

引き出物と景品を両手にぶら下げ、家に帰ると、整は風呂に入っている最中だった。

「ただいまー」

扉越しに声を掛けると、「おかえり」と整も中から答えた。

「入りにくる？　俺、もう上がるけど」

「んー、まだいい」

上着とネクタイをハンガーに掛け、新品のグラスをさっと洗った。別のコップで水をぐびぐび飲み、ダイニングの椅子でしばしぼんやりしているうちに整が出てきた。

「おかえり」

ともう一度言って腰を曲げ、まだ濡れた頭を後ろから一顕の肩に押しつける。そうして、肩越しに髪を撫でられるのが、整は好きみたいだった。わざわざ「あっち向いて座って」と指定して甘えてくる時がある。

「楽しかった？」

「うん」

ビンゴでグラス当たった、と一顕は先んじて申告した。

「どんな？」

「シャンパングラスだって。洗ってそこに置いてある」

「見ていい？」

整は「何これ、どうすんの」と尋ねた。

「どうぞ」

整はキッチンに立つと、台座と分離したグラスを持って「何これ、どうすんの」と尋ねた。

「銀色のに嵌《は》めて使う」

「ふーん、シャンパングラスっていうから、脚のついたほっそいやつかと思ったけど、これならいろいろ使えそうだし、いいじゃん」

「ビール飲む？」

「うん」

台座とドッキングさせた状態で、七分目までビールを注《つ》ぐと整は「もっと入るだろ」と文句を言った。

「いや、これでいいの。そっち、貸して」

ガラス部分の底面《ていめん》は、不規則な多面にカットされている。説明書にあったとおりなら、あまりぎりぎりまで入れないほうがいいはず。一顆はふたつのタンブラーを近づけ、そっとテーブルに置いた。すると、ふちに砂鉄でもついているように互いがくっついて立つ。

「こうやって、バランス取るようにできてるんだって。ひとつだけじゃ倒れるから、持つ時も同時ね。台に載せれば自立するけど」

「へー、すごいな。うまくできてる」

素直に感心する整は、何も気づいていないようだった。

そっか、分かんないんだ、もう。それが、整に流れた時間のおかげなのか、「和章」に流れた時間のおかげなのか、知らないけれど。変わったこと、変わっていくことを、惜しんだり、怖がったりする必要はたぶんない。

向かいの椅子にかけた整と顔を見合わせ、一緒にグラスを持ち上げて乾杯した。


（初出：デビュー10周年記念ファンブック「long hello」購入者特典ペーパー／2017年7月）

雨恋い

雷が、鳴っているのかと思った。どん、どん、と地を這うようなひくい音。エアコンのタイマーが切れた真昼の寝苦しさとともにそれが耳について整《せい》は目を覚ました。磨《す》りガラスの窓から射し込む光は、明るい。身体を起こし、窓を開けて外を覗いた。

「……ああ」

雷にしては近すぎる気はしていたのだが、どうやら夏祭りの行事らしい。地を這う、というか地面のできごとだった。雷だと思いきや花火だったたのはまだ梅雨《つゆ》入り前の話で、あれから夏は、盛りを迎えようとしている。どん、どん、聞こえてくるのは、太鼓《たいこ》の音。対照的に高い鉦《かね》のリズム、「わっしょい」「もひとつ」といったお囃子《はやし》の声。まだ姿は見えないが、近づいてきている。じっと待っていると、背後で一顕《かずあき》が起きる気配がした。

「……どしたの」

「夏祭りの神輿《みこし》、練り歩いてるみたい」

一顕も窓から顔を出す。笠《かさ》をかぶって浴衣《ゆかた》を着た数人の男が、ワンブロック先の辻《つじ》を曲がってくるのが見えた。軽自動車くらいの、車輪がついた屋台みたいなものが綱《つな》につながれゆっくり進む。

「神輿じゃなくて山車《だし》じゃね」と一顕が言った。

「どう違う？」

「え、担《かつ》ぐのが神輿で曳《ひ》くのが山車？」

「山車には神さま乗ってないのかな」

「さあ……あ、結構子どももいるな」

法被《はっぴ》姿の、小学生くらいの子どもたちが、山車の上で威勢よく太鼓を叩いていた。

「すんごい暑そう」

「俺も昔、子ども会の行事でやったことある。くそ暑かったけど、お菓子のセットとサイダーもらって嬉しかったよ」

「子どもは安上がりでいいな」

「大人もビールのことで頭いっぱいだって」

「死ぬほどうまそう」

交通規制するほどの規模でもないから、道路に立って誘導する警察官がいて、子どもたちの保護者とおぼしき普段着の男女も後ろをついて歩いていた。ささやかな祭列がマンションの真下を通り過ぎると、ベッドに引き戻される。部屋の中だって暑い。暑いが、暑いまま交わった。

整の脚には青い血管を飾るように玉の汗が浮き、一顕はそれを片っ端から舐《な》め取る。室温をますます上げながら、雨が降ればいいのに、と願う。今すぐ灰色の雲が湧《わ》いて雨が落ちて、窓からこの部屋に降り注げばいい。ベッドも自分たちもびしょびしょのぐしゃぐしゃにしてほしい。素肌を雨に打たれながら、一顕とセックスがしてみたい。
開いたままの窓から祭り囃子は遠ざかっていくが、代わりに、整の押し殺した喘《あえ》ぎと身勝手な雨乞《あまご》いが空へと放たれる。

（初出：デビュー10周年記念コラボカフェ@コミコミスタジオ　来場者特典SSカード／2017年8月）

海を見に行こう

「萩原《はぎわら》、きょうは俺におごって」

ふたりで飲んでいると、整《せい》が唐突にそう言った。

「……いーけど、別に」

一顕《かずあき》はきょとんと答える。

「金欠？　珍しーね」

営業の一顕より額面はすくないにせよそこそこもらっているだろうし、飲み代が捻出《ねんしゅつ》できないはずはないと思うが、高級家電でも買ったのだろうか。

「そうじゃなくて、俺が勝手に立て替えてるから」

「えっ」

自分のあずかり知らぬところで、整に何らかの請求が？　ますます疑問を深めた一顕に整は「夏祭りの協賛金」と言う。

「ごめん、俺酔ってんのかな？　ぜんぜん意味が分かんない」

「去年、俺の部屋で、祭りの山車《だし》一緒に見たの覚えてない？　見たっていうか、目撃したって感じだけど」

「ああ、うん」

「何かいいなあって思って。地元のああいうの。俺、宗教は嫌いだけど、世界じゅうの、観光客がくるわけでもないちっさな祭りとか儀式で、いろんなものが何とか保《たも》たれてる気がするんだ」

「うん」

整の言葉は時々突飛《とっぴ》というか不可思議《ふかしぎ》で、一顕は今でも十全《じゅうぜん》に理解できている自信はないのだが、それでも、整の顔、整の口から出ると、すとんと胸の中に落ちてくる感じがした。

「でも参加したいわけじゃないから、五千円ずつ出した。俺と萩原の名前で」

「ふーん」

俺、住んでないんだけど……と思ったが、整の楽しげな表情を見たらそんな無粋《ぶすい》は言えなかった。まあ、そういうことがやってみたかったのだろう。餅《もち》まきとかおひねりと似たような一種の娯楽か？

「領収書もらったから、寄付の名目《めいもく》で確定申告する？」

「いや、いいよ、めんどくさい」

「再来週《さらいしゅう》、神社で夜店あるから一緒に行こう」

「協賛金出したから、ビールとかくれる？」

「名札出してくれるよ。スポンサー一覧みたいなの」

「あー、あるね」

「三万出したら名前入りのちょうちんぶら下げてくれるらしいけど、さすがにそれはなーって」

「ふるさと納税の返礼品《へんれいひん》みてえ」

財布の口に合わせたさまざまな特典。もっともちょうちんなんか、使用後にもらってもな、という話ではある。

そうか、あれはもう一年近く前か、と軽い驚きがあった。整とふたり、部屋の窓からおもちゃみたいな山車の歩みを眺めていたのは。気づけば、歴代のどの恋人より長く続いていて、すぐ駄目になると思っていたわけじゃないけれど、それにも驚いてしまう。お互いのさまざまな感情のピーク時に、いちばん濃い交流から始めてしまったものだから、言うなれば映画で恋人同士を演じた役者が本当につき合ったけれど結局すぐ別れてしまったみたいに、非日常から日常にソフトランディングするのは難しい。

でも、大小のけんかや行き違いはあれど、順調に続いて、一顕は今でも整が好きだ。始まりの頃の気持ちとまったく同じではないだろうが、それは酒の味がじょじょに変わっていくようなものだった。今の味をめいっぱい愉《たの》しみながら、時間と空気が深めてくれるこの先のひと口を楽しみにする。整も、きっとそうだと思う。

「見て見て」

マンションの、ドアの前で整が壁に貼られたシールを指差す。祭りの協賛金の、これも返礼品であるらしい。お札《ふだ》を意識しているのか、縦長《たてなが》で、神社の名前と町内会の名前が入って、シルバーの地がやたらきらきらしている。世代じゃないけど、ビックリマンシールをほうふつとさせた。

「お金出しましたシール？」

「そう」

「貼ってない家がケチみたい」

「そんなのいちいち見ないだろ。ひっそり楽しいだけ。飲み屋にあったりすると、ここも出したんだーって、何か嬉しい」

整の「嬉しい」も結構ツボが難解だ。未《いま》だに「え、そこ？」という想定外があって、おもしろいからいいけれど、こんな微妙に変わった人から見たら、俺なんか発想もリアクションも普通すぎやしないか、と焦《あせ》りを覚えないでもない。


「……萩原、さっきさ、『自分が』酔ってんのかなって訊いただろ」

ゆるやかにひそやかに整の中へ没頭《ぼっとう》と没入《ぼつにゅう》を繰り返している最中、整が思い出したようにそう言った。

「うん」

「『半井さんが』酔ってんのかな、って言わない」

「え、それが、なに？」

「何でもないけど、萩原のそういうとこが、いいなって思う」

「分からん……」

額《ひたい》をこつんと合わせると、両耳の上に指が這《は》わされ、一顕の髪の毛を愛撫する。ほらまた難しいこと言うだろ、と思ったが、整は整で、たぶん一顕だけにある何かを見出《みいだ》してくれる時、ひどく安心する。


祭りの晩は、曇《くも》りだった。ふたりとも夕飯をすませるつもりで腹を空《す》かしていたので、まずソース焼きそばと、氷水の中にぷかぷか浮かぶ缶ビールをひとつずつ買った。なぜひとつずつなのかというと、テーブルがないので両手がふさがってしまうからだ。よって、焼きそばとビールを交換してはせっせと飲み食いした。慌ただしいが、これはこれで楽しい。次は片手で食べられるドネルケバブの屋台を発見して、ひとりひとつ、コロナの瓶《びん》ビールをお供にかじった。かき氷は半分ずつでいいよな、と意見が一致したので、じゃんけんで負けた一顕が払う代わりに味を決めた。コーヒーの練乳《れんにゅう》がけ。先が平べったいスプーンになったストローでちびちび氷の山を崩す。

十年後とかにもこんなことしてんのかな、と一顕はふと考える。中年の男ふたり連れというだけでへんな目で見られる——くらいは別にどうでもいいのだが、変質者が女子どもを物色してるとか、その手のぶっそうな誤解は困る。

「萩原、手止まってる。冷えた？」

「いや」

つい今し方の想像を話すと、整はあっさり「そん時はさっさと持って帰って食べればいいじゃん」と答えた。

「それもそうだ」

「あ、そうだ忘れてたよ、スポンサーのリストを確認しなきゃ」

参道の両サイドに向かい合って並ぶ屋台の後ろに、大きな看板の骨組みみたいなものがこしらえられ、そこにびっしりと木の名札が並んでいた。まじで？と思う有名企業の名前、たぶん地元の工務店や飲食店、それから個人の名前がずらずらと。

「あ、あった」

「萩原一顕」と「半井《なからい》整」が隣り合っていた。

「萩原、何か気づかない？」

「いや、だから、あるって」

「そうじゃなくて」

「えー？」

一顕が首をひねっていると、整は焦《じ》れたようにストローをがじがじ噛んで、「何で名前が並んでるのかってこと！」と言う。

「一緒に半井さんが払ってくれたから」

「ちがーう、よく見ろよ」

「んん？」

相田真、安藤雅之、井上光子……名前の並びにはちゃんとルールがあった。

「あ、五十音順……え？　あれ？　だったら何で真隣？」

「はぎわら」と「なからい」。順番が違う。整はやけに誇《ほこ》らしげに、やっと気づいたかと笑う。

「俺の名前『はんい』で出したから」

「えっ」

「ネットで調べたら、まじでいるらしいよ、半井《はんい》さん」

「何で？」

「何でって、どうせなら名札近いほうが嬉しいじゃん。浜田《はまだ》さんとか羽生《はにゅう》さんが挟まってなくてよかった。写真撮っとこ」

ああかわいいな、と思った。この人、ずっとかわいい。でも照れくさかったのでどうでもいいことを言った。

「偽名とか使っていいのかな」

「悪いことしたわけじゃねーし。逆に何が心配？」

「いやほら、厄払《やくばら》いとかでも、住所氏名を正確に書かないと神さまが迷うって」

「別にそんなの信じてないから……かき氷、もうしゃぶしゃぶだな、すくえない」

甘い水をふたりで飲み干すと、神社を出た。外の掲示板に「精霊流し《しょうろう》」のポスターが貼ってある。

『亡くなった方へのメッセージや、ご先祖様への供物《くもつ》を、想いとともに舟に乗せて川に流しませんか』

今夜、近所の川から流すらしい。

「こういうのって、流れてったあとどうすんだろ」

整が立ち止まってつぶやく。

「どっかで回収してんじゃないかな。そのまま海行っちゃうと、たぶんよくない。不法投棄になりそう……って言い方はあれだけど」

もっと昔、祈りや祭りの意味がずっと大きかった時代には、何にも遮《さえぎ》られずに大海原へ漂っていったのかもしれない。それらは別の陸地にたどり着き、あるいは海中に沈み、とにかく何らかのかたちで自然へと還《かえ》ることができた。

「そっか」

じゃあ結局、どこにも行けないんだな。そう言って一顕の指をぎゅっと握った。

「……行ってみる？」

頷かないだろうと分かって、訊いた。

「ううん」

「じゃあ、帰ろっか」

「うん」

春の祭りは、豊穣《ほうじょう》への祈り。秋なら豊穣への感謝、冬は、一年の感謝、そして新しい年への祈り。けれど夏の祭りは、鎮魂《ちんこん》の色が濃い。

ぽつ、ぽつ、と雨が降ってくる。夏の闇がじっとり濃くなる。一顕は整と手をつないで歩く。誰かに見られてもいいや、と思った。もしその誰かが友達だったり家族だったりして、自分たちを受け容《い》れられないと言えば、一顕は整だけを選ぶ。たぶん、そんなに悩まないし苦しまない。整を、この手を失うほうが耐えがたいから。けれどおしまいの日は必ず来るので、冬眠に備えるくまみたいに、ささやかな思い出を備蓄《びちく》するしかない。去年の夏、今年の夏。来年も再来年《さらいねん》も一緒の夏を送れますように、という祈りさえいつかできなくなるから、今のうちにたくさん思っておこう。

海までたどり着けないだろうけど、その代わり、夏が終わるまでに整と一緒に海を見に行こう。


（初出：J・GARDEN無料配布小冊子／2017年10月）

泡と光

[mellowrain]

Awatohikari

若干オカルト……も個人的な性癖です。
一顕と半井さんは一緒にお風呂入るの好き（というか平気）カップルだと思います。
そして結構ホテルに泊まったり旅に出たりしてますね。
いちばん恋愛を満喫してる人たちかも？

by Michi Ichiho

設定画を元絵に、線画をめっちゃ引き伸ばして作った表紙です。
まだファンブック発行前で、
のちのちあんな立派な誌面で披露していただけることになるとは夢にも思いませんでした。
絵描きとしてありがたいです。ありがとうございます。

by Lala Takemiya

あわ

「お願いがあるんだけど」

と改まった口調で整《せい》から言われたのは、まだ年明けて間もない頃だったと思う。

「何すか」

「今年の社員旅行って萩原《はぎわら》、行く気ある？」

「えっ」

毎年恒例の社員旅行が六月と十月にあり、各部署どちらかに振り分けられるようになっている。自由参加を謳《うた》いつつ、そこは空気を読んでたまには出席しなさいよ、という日本企業的なニュアンス漂う社内行事だが、一顕《かずあき》は別に嫌いというほどじゃない。学生時代の修学旅行なんかよりははるかに自由だし、酒も飲めるし、何となく苦手意識のあった同僚や上司と旅先で案外打ち解けた、ということもある。

だから、参加を募《つの》る時点で優先させたい予定がない時は出るようにしていた。が。

「んーでも、今年、営業部六月のほうのコースだからなー」

もろにボーナス商戦とかぶっている。

「俺だって株主総会だよ。今年はコーポレートガバナンスとかスチュワードシップコードとかいろいろ勉強させられるみたいだし」

「へー……てか、まさか半井《なからい》さん行くの？　来たことあったっけ」

「ない」

訊くまでもなかったですね、と頷くと整はばつ悪そうに言った。

「別に嫌いでサボってたわけじゃないよ、いや、嫌いだけどさ」

「どっちだよ」

「今までバスツアーだったから。俺、車駄目で、診断書もらってたし」

「あー……そっか、すいません」

と今度は一顕が神妙になってしまうと「いいって」と軽く笑った。

「でも、今年伊勢神宮《いせじんぐう》で、新幹線と近鉄《きんてつ》乗り継ぎだから、それなら行けそうかなと思って。ずっと欠席っていうのもあんまよくないし」

「でも、まったく車使わないってわけじゃないっしょ」

「伊勢神宮って神社ふたつあって、バスで移動するみたい。まあ、それは電車でも行けないことないらしいんだけど。あとは、ホテルが鳥羽《とば》で、駅から送迎バスで約二十分」

一応、建前上は強制参加じゃないんだから、無理しなくてもと一顕は思った。でも整は「ちょっとチャレンジしてみたい」と言った。

「このまま一生車乗らないのかって思うと……別に困らないかもしんないけど、やだなって。だから、萩原《はぎわら》も来て。せっかく総務と営業同じ日程だし」

結論だけやけにきっぱりしてるのが整らしいというか。

「別に俺、役に立たないですよ。ビニール袋口にあてるぐらいならしますけど、って酔うわけじゃないのか」

「いてくれたら安心するから、それだけでいい」

とかさらっと言われたら「はい行きます」と快諾《かいだく》するしかないでしょう。

「ありがと。……もし乗ってみて駄目でも、萩原のせいじゃないから気にしないでな」

「うん」

もし駄目なら、途中でバス降りて宿まで歩こう、と言うと整は嬉しそうに頷いた。


「嫁が言ってたんだけど、伊勢神宮は二十年に一回建て替えてるんだって」

とは、行きののぞみの車内で、足立《あだち》から聞いた。

「え、そうなんだ。ひょっとして前に騒いでた『遷宮《せんぐう》』ってそういうこと?」

「らしいよー。ていうか何で知らないのって言われたけど、男が神社に向ける興味なんてその程度だよね」

「ああ、パワースポットとか」

「レアアースでも埋《う》まってんなら分かるけどな」

「ていうか、そんなしょっちゅう壊して造ってんなら、値打ちあんの？　世界遺産的なものって古いからすごいんだと思ってた」

「そうだよ、築二十年なら半井さんのマンションのほうがよっぽど歴史ある」

「ほんとだ、ついでに補修してくんないかな」

三列シートでそんな会話をしていると、前の席から営業部の上司が覗き込んできた。

「お前ら……現地着いてそういうこと言うなよ。それと、会社の名前絶対出すな」

「え、何でですか」

「バカ丸出しだから」

足立は一向に懲《こ》りず「むしろ初心者をアピールしたら巫女《みこ》さんがいろいろ教えてくれないかな？」と夢を語り始めた。

「お前、もう子の父親なんだからやめとけよ」

「えー、数える程しか顔見てないから未だに実感なくて」

妻は里帰り中、なればこそ社員旅行にほいほい顔を出していられる。

「ていうかいいよね、女子の私服って新鮮だよね、意外な子が意外なセンスしてたりして。これでホテル着いたら浴衣《ゆかた》でしょ、やばいな、もう旅の思い出作ろうって言われたら断る自信ない」

「足立くん、鳥居くぐった瞬間にバチが当たりそうだね」

新幹線で名古屋まで、その後近鉄特急で伊勢市駅まで、おおむね三時間の行程だった。

「じゃあ、午後四時にまたここに集合してください。伊勢神宮のツアーガイドを利用する方は幹事と一緒に」

どうする？と一応訊いてみると整も足立も首を横に振った。

「俺たちきっと、初心者のまま伊勢神宮を後にするんだろうな」

「え、でももうすでに基本的な知識は得たよね」

駅の観光案内冊子でな。

「内宮《ないくう》と外宮《げくう》があって、外宮から先に回る」

駅舎を出てすぐ、土産物屋や飲食店の並ぶきれいに舗装された通りがあったので適当な店で昼を食べた。通りを抜け、横断歩道の向こうには五メートルほどもあろうかという立派な常夜灯がそびえている。緑の密度が濃く、空には遮《さえぎ》るものがない。東京ではなかなかお目にかかれないシンプルな景色に、別世界に来たような感じはちょっとあった。玉砂利《たまじゃり》の敷き詰められた参道から火除橋《ひよけ》を渡り、勾玉池《まがたま》を眺めて手水舎《ちょうずしゃ》で両手と口を濯《すす》ぐ。とりあえずぶらぶら歩いて、お参りスポットがあれば手を合わせればいいんだろう、というゆるい心持ちで進んでいった。

とにかく木立《こだち》が深かった。首が痛くなるほど見上げなければならないものばかりで、一本一本が、普通の神社ならご神木《しんぼく》クラスじゃないかと思う。パワースポットという呼称《こしょう》はうさんくさいと思うが、心身に何かいい作用を期待するのは分からないでもない。

「まずは正宮《しょうぐう》からって冊子に書いてあるよー」

「その次は？」

「多賀宮《たかのみや》、土宮《つちのみや》、下御井《しものみいの》神社、風宮、度会国見《わたらいくにみ》神社と大津《おおつ》神社……」

「多いな」

広大な敷地は、二十年に一度というペースでリニューアルするためなのか、ロープが張られて入れないところも多かった。それでもそこここにお宮《みや》があり、信心というよりはしみついた習性に従って賽銭《さいせん》を投入しているとたちまち小銭が底を尽く。

「何かするたびにチップ払う海外旅行みたい」

と足立がぼやいた。

「リフォームにお金いるからしょうがないんじゃない。さっき歩いてた観光ガイドの人が、去年五百五十億円かかったって言ってた」

「まじすか。すげーな、神」

神社で小銭が足りなければ、普通はおみくじを買ったりして札を崩すのだけれど、ここにはないらしい。足立が神楽殿《かぐらでん》でわざわざ尋ねたところによると「神宮にきたことですでに大吉のご利益《りやく》があるので」ということだった。もっと商売っ気出してもいいのにな、電子マネーで賽銭払えればいいのに、などとろくでもないことを言い合いながら、一時間少々かけて参拝と散策を楽しんだ。

外に出ると、誰からともなく「さてどうする？」という空気になった。伊勢神宮には外宮と内宮があり、お伊勢参りといえばセットが基本、ではあるが。

「疲れた」

おそらく三人ともが思っていたことを、整が正直に口に出した。足元は慣れない玉砂利だし、だだっ広いし、石段を上り下りするところも多かったし。

「……そうすね」

「内宮ってどんなとこだろ」

「外宮と大きく変わんないんじゃない？　あ、あと近所のおかげ横丁ってとこに赤福《あかふく》の本店があるって、嫁情報」

「それもう神社と関係ないし」

しばしの沈黙の後、満場一致で「いいか、もう」という結論に達した。

「さっきので十年ぶんぐらい詣《もう》でたよ、内宮は十年後でいい」

「せんぐう館も見たしね、『唯一神明造《ゆいいつしんめいづくり》』って必殺技みたいな構造も覚えたしね」

「半分でやめたからってバチ当たんないよな」

「ていうか、パワースポット否定した割に『いる』前提でしゃべってるよな」

怠惰《たいだ》で不届きな自分たちを正当化し、集合時間までの空きをどう解消するかについては、一顕が「じゃあ、さっさとホテル行く？」と提案した。

「鳥羽駅だろ？　幹事に一報入れて、先行けばいいじゃん。自腹でタクシー乗ればすむし」

「でも、幹事がいないとチェックインできないだろ」

「ロビーでコーヒーでも飲んで待てばいいすよ。どうせここで時間つぶすとしても似たようなもんなんだから」

「なるほど」

じゃあその方向で……と幹事に電話をかけようとすると、足立が「ちょい待ち」と片手を挙げた。

「残念なお知らせ……嫁からＬＩＮＥで、お守り買ってこいって」

「じゃあ今戻ってさっと買ってくれば？　待ってるから」

「いや、それが、外宮でお守り袋買って、内宮で木札？みたいの買って入れるんだって。……というわけで俺はもうちょい伊勢ってくるわ」

「頑張れよー」

「俺たちのぶんもよろしく」

再び外宮に足を向けた同僚を見送ると、整はちょっと笑った。

「なに？」

「足立くんて、何だかんだで優しいよな。外宮で両方買ってもばれないのに、ちゃんとお使いしてあげるんだから」

「いや『内』とか『外』とか印《しるし》入ってるかもしんないし」

「だって袋に入れちゃったらさ、お守りの中って見ないように言われなかった？」

「そうだっけ」

伊勢市から、また特急に乗って鳥羽に向かうと、そこは神宮の緑とは対照的にぐっと海だった。いかにも地方の観光都市らしく年季の入った観光センターや水族館が見える。改札を抜けてタクシー乗り場へと近づくにつれ、整の表情は硬くなっていった。

「半井さん」

「うん――大丈夫、大丈夫」

自分に言い聞かせるような横顔を見て、一顕はジーンズのポケットにしまっていたものを取り出す。

「はい」

赤い袋に、金色の糸で「交通安全御守」と刺《し》しゅうされたお守りを見せると、緊張がわずかにほどけて驚きになるのが分かった。

「日本でいちばんえらい神社のお守りだから」

「え、うそ、いつ買ってた？」

「秘密」

「それなら、俺たちもちゃんと内宮行けばよかった」

「ご利益も半分？　四捨五入すれば一緒でしょ」

「てきとー……」

整はそれをぎゅっと握ると「ありがとう」と小声で言った。待ち時間もなくタクシーに乗り、運転手の「どちらから?」とか「お伊勢さんには行かれました?」という世間話にはもっぱら一顕が答えた。整は、ほとんど身体ごと窓の外に向けて気を逸《そ》らせようと努《つと》めているようだった。それでも対向車とすれ違うたび、信号待ちでブレーキがかかるたび、肩や首すじが不自然に強張《こわば》るのが見て取れた。後部座席の真ん中あたりを所在なさげにさまよっている整の片手を、一顕はしっかり握った。整が振り返る。黙って頷く。ルームミラーに映ってようが別にいいや、と思った。つめたい指が、手のひらの熱で温められることを祈って、力を込める。

ホテルに着いた時、整の顔面からは蒼白なまでに血の気《け》が抜けていたが、ちゃんと自分で荷物を持ち、しっかり歩いた。

「……大丈夫?」

「うん」

頷くと一顕を見て「できた」と言った。

「乗れた」

「……うん」

整が克服《こくふく》したかったのは、ただ「車に乗る」以上のことなんだと思った。それを、一顕と一緒なら、と望んでくれたのが嬉しかった。海を望むロビーで熱いおしぼりと番茶をもらって、すこしずつ整の顔に赤みが戻ってくる。

「……小学校ん時の修学旅行が、日光だったんだけど」

「ああ、ありがちありがち」

「東照宮《とうしょうぐう》で交通安全のお守り買った。親が車買い換えたばっかりだったから。……それから最後まで、ずっとルームミラーんとこにぶら下がってた」

「ごめん」

一顕はとっさに謝った。自分のしたことは、むしろ逆効果だったのかと思った。でも整は「違う」とかぶりを振った。

「嬉しかったんだよ、ほんとに。うまく言えないけど、きっとこれからもうどんな車に乗っても、あのお守りを探さずにすむんだ。俺はちゃんと買ったのに、って思わずにすむんだ」

「……なら、いいけど」

言葉すくなに、ふたりで海を眺めた。ちいさな漁港に面していて、小型の漁船がずらりと並んでいた。ヨットやボートの並ぶマリーナとは違う、暮らしのための海だ。湾の先にはまた緑が伸び、ホテルや旅館がぽつぽつ見える。水面は午後の陽射しを反射して星型の光をさざめかせていた。

夕食&宴会序盤戦《じょばんせん》の後、押しの強い上司とそこから逃れられなかった連中が外のスナックに繰り出していったが、一顕は遠慮してささっと大浴場に入り、ロビーからつながった展望デッキで風に当たっていた。

「──うん、ちゃんと買ったって」

聞き覚えのある声がする。足下には誘導灯《ゆうどうとう》をかねた照明が点々と設置されてはいるが、都会みたいに明るくないのですこし周囲を探すと、手すりに寄りかかって背を丸め、電話している足立の後ろ姿が見えた。

「あれ、泣き出した？　……ちょっと代わって」

それから、一顕が知っていて知らない、足立であって足立でない声でささやきかけた。甘く優しく、でも異性にかける時とも全然違う。

──さほちゃん、どうしたの？　パパだよ──眠れないの？　さほちゃーん。

どうしようかな、と迷ったが、別に悪い場面を垣間《かいま》見たわけではないので一顕は黙ってその場にとどまった。やがて通話を終えて振り返った足立に「お疲れ」と声をかける。

「や、どーもどーも」

「お前、ちゃんとお父さんしてんだな。実感ないとか言ってたくせして」

「えー、黙っててよ、もてなくなるから」

「そこは譲《ゆず》らないのかよ」

並んで夜の海に向かう。

「子どもいるって、どんな感じ？　実際」

「知りたきゃ、結婚してつくればいいじゃん」

「んー……」

苦笑で濁《にご》すと、それ以上は突っ込まれなかった。前の別れを引きずってるから、という言い訳は、あとどれくらい有効だろう。

「もっと、苦しいってか、重たいと思ってた」

足立が言う。

「縛《しば》られるっていうかさ……俺の苦手な感じ。でも実際生まれてみると、逆だったね。すごく楽になった」

「何で？」

「あ、もう俺いつ死んでもいいんだわって」

「それこそ逆だろ。もっと頑張らなきゃじゃないのか」

「もちろんそれはあるけど、理屈じゃないんだよね。もうバトン渡した、役目果たしたっていう——これが本能なのかなあ、ふしぎだな。子孫残さなきゃなんて、考えたこともなかったのに」

一瞬だけ、足立と遠く隔《へだ》たったのを感じた。寂しいというか、自分だけが大きな群れからはぐれた心細さがこみ上げかけたが、すぐに「いいや」と思えた。何を諦めたという引っ掛かりもなく、俺はあの人といるから、と。自分で自分にほっとした。

会いたいな、と思った。部屋割りも食事のテーブルも全然違ったから、夕方以降ほとんど話せていない。「何してる?」とメッセージを送ると、すぐに「今連絡しようと思ってた」と返信が届く。

『ちょっと、抜けられる?』


指定されたのは、一顕たちが泊まっているのとは別棟の一室だった。誰かの部屋で飲んでいるのだろうか。渡り廊下を歩いて一階へ下り、当該《とうがい》のプレートがついた部屋をノックすると、整が顔を出す。

「総務だけ別館なんすか」

「違う違う、入って」

中は、明らかにほかとしつらえの違う瀟洒《しょうしゃ》な和洋室だった。和室の半分くらいが板の間になっていて、ベッドがふたつ並んでいる。

「え、なにここ」

「うちの部長の部屋」

「まじで? うわ、露天風呂までついてんじゃん。管理職ずるいな……」

四人部屋に混ざってこられてもいやだけど。

「で、部長は?」

「いきなり、部屋代わってくれって頼まれたから。同室のやつに恨まれたかも」

「何でわざわざ交代？」

「言ってもいやがんない？」

「言ってくんないと分かんないっしょ」

「……女が出るんだって」

「は？」

その言葉を脳内ですこし考え、一顕の出した推測は「覗き？」だった。風呂あるし。

「あ、そういう反応なら大丈夫だな」

「え、なに、ひょっとして心霊的な？」

「普通そっちを連想するだろ」

「だって全然ぴんとこない」

寒気がするとか、視線を感じるとか。

「半井さんは平気？」

「うん」

整は「どうせ、死んだ人間には何もできないよ」と言った。その台詞《セリフ》には、寂しい重みがあった。

「萩原、自分の部屋帰んないとまずい？」

「いや、別に」

子どもじゃないし、別室の宴会に紛《まぎ》れて寝落ちしたとでも思ってくれるだろう。しっかりと施錠《せじょう》を確認してから一緒に露天の風呂に浸《つ》かった。すのこの上の行灯《あんどん》をともし、塀《へい》の真ん中にこしらえられた障子窓《しょうじまど》を開ければ、額縁《がくぶち》の中の海が現れて一気に波音が近くなる。ムードたっぷりのシチュエーションながら、虫を掬《すく》うための網《あみ》も完備されていた。現実的だ。夜、野外で明かりをつければいろんなものが誘われてくるのも仕方がない。

まださほど遅い時間でもないのに、山も海もすっかり闇になじんで眠っているように見えた。元気に起きているのは人間で、時折酔っ払いの声が微風に乗ってやってくる。斜面に建っているホテルだから一階といっても覗かれる構造ではないが、落ち着かないのですぐに窓を閉めた。灯りは狭く区切られた庭の中でわだかまる。

楕円《だえん》の大きな浴槽《よくそう》に、二人乗りの姿勢でくっついて浸かっていた。障子に大きな影ができる。

「昔さ」

と整が言った。

「『ドラえもん』で……知らない？　自分の影を分身にして、便利に使うんだよ。宿題とかお使いとか。でもそのうち、影が人格持って本体を乗っ取ろうとする話……」

「覚えてない」

「結局、どんなオチだったか忘れたんだけど、俺、それがすげー怖くて、コミックス逆さまにしまってたことあるよ」

「あー、俺も、子ども心に絵が恐ろしかった絵本、おもちゃ箱の底に突っ込んでた。でも自分で隠したの忘れちゃって、不意に探り当てちゃうと倍怖い」

「分かる」

整の肩が笑いとともに揺れる。熟《う》れた柿色に照らされ、ところどころに水滴の浮いたうなじから背中にかけて、水の模様が投影される。一顕が身じろぐとそれはかたちを変え、ゆらりゆらりと整の素肌にたゆたった。半透明の刺青《いれずみ》みたいに、まだらな光と影。うっとりする光景だった。ここに筆で魚の絵を描けばすいすい泳ぎ出しそうだ。

一顕は催眠術にかけられたようにとろりと半眼《はんがん》になり「きれいだな」とつぶやいた。写真でも動画でもなく、そっくりそのまま水槽に移して好きな時に眺められたらどんなに嬉しいだろう。

「何が？」

と整が尋ねる。

「水の絵」

「何だそりゃ……ていうか」

当たってるよ。誰も聞いていないのに、忍び笑いに紛《まぎ》らせて指摘する。

「こんな密着してたら興奮してもしょーがないじゃん」

「でもここはさすがにまずいよな」

とか言う割に背中をべったり預けて首をねじる。一顕は顎に手を添えてくちづける。海に近い温泉だからか、湯は、潮っぽい匂いがした。水分でほとびた唇を吸う。

「……のぼせるよ」

「うん」

そしてこれ以上続けているとところ構わず最後までやってしまいそうだ。名残惜《なごりお》しく短いキスを繰り返していると、整が「立って」と促《うなが》した。

「そんで、そこ、座って」

何をしてくれるつもりなのかはすぐ分かった。浴槽のカーブしたところに腰掛け、整の身体が入る幅だけ脚を開く。その間に整が顔を埋《うず》める。

湯の中にいるせいか、口腔《こうこう》はいつもよりなお温かく、こんなことをされているのに何だかほっとする。

「……ここのお湯、しょっぱい」

そうこぼして、また一顕の性器を含んだ。

「ん」

口唇《こうしん》で啜《すす》られて、あっという間に硬さを増す。くわえきれない根元を片手でこすり、もう片方の手は一顕とつないで、整は熱心にしてくれた。しっとり濡れた髪を撫でると、猫みたいに目を細めた。好きだ、という気持ちがこみ上げてくる。気持ちよくしてもらってるからじゃなくて。

「う、っ……」

喉奥までひと息に包み込まれて、思わずぐっと背中を丸める。

「んっ……いいよ、そんな深くしてくれなくても。苦しいだろ」

「ううん」

一度口を離すと、唾液《だえき》でぬるぬるなめらかな芯《しん》を手で上下に扱いて言った。

「俺が好きなの。上顎《うわあご》の奥のふかふかしたとこ、お前のでこすられんの」

「……バカ」

そんなことを言われてしまうと、もう我慢できない。唇の輪が全長を滑《すべ》るように迎え入れ、舌先が裏側をくすぐるとちろちろ甘い誘いに負けて一顕はそのまま射精する。

「ぁ、う……っ！」

恥ずかしい話、整の頭を押さえつけるように出してしまった。整はためらいなく喉を動かして飲み下す。そして一顕の脚にくったりもたれて「あちー」と笑った。

「交代する？」

「ここじゃむり。声出るし」

じゃあ、とすのこに上がってせわしなく身体を拭《ふ》くと、新しいバスタオルを下敷きにして裸体をベッドに押し倒した。

「あっ……」

「失敗した」

整の下腹部をまさぐりながらつぶやく。

「え？」

「浴衣を脱がす楽しみを飛ばしちゃったよ」

「もっかい着ようか？」

「うーん、いいや、今度で」

「今度」

「うん」

十年後かどうかは分からないけど、本当の、ふたりきりの時に。


真夜中か、それとも明け方に近かったのか判然としない。とにかく外がまだ真っ暗なのは確かだった。

——ふぃーっ、ふぃーっ、ふぃーっ……。

こんな時間から、鳥？　さえずりをかたちにして耳の中に突っ込まれたように一顕ははっきり目覚めた。

とても近い、というか部屋の中から聞こえてくる気がする。

——ふぃーっ、ふぃーっ、ふぃーっ……。

妙に哀愁《あいしゅう》を帯びた調子だった。じっと目を凝《こ》らしていると次第に暗さに慣れ、壁や天井がぼんやり分かるようになったが、動物らしきものは見当たらない。隣の部屋で特殊な楽器でも練習しているとか？

傍《かたわ》らの整は、気づく気配もなく、ぐっすり眠っている。すこしはだけた自分の浴衣をととのえ、抱き寄せて体温を貪《むさぼ》っているうちにまた眠くなり、ほどける意識の中でその鳴き声はじょじょに遠のいていった。

二日目は復路・名古屋行きの特急が出る時間までフリーだった。足立がまた「真珠買ってこいって言われてる」らしいのでミキモトの真珠島までつき合う。島とはいうものの鳥羽駅にほど近く、徒歩で渡れる。

「ねーねー、海女《あま》さんのショーがあるんだって、見ようよ」

「お前、何しに来たんだ？」

「だって『あまちゃん』に出てる子みたいなのがいるかもしれない」

「そんなのめったにいないからテレビに出てるんだよ……」

人の仕事を「芸」みたいに鑑賞するのはあまり気が進まなかったが、島内アナウンスでも「間もなく現役の海女による漁の実演が始まります」と推《お》してくるし「誰もいないほうがあっちも空《むな》しいんじゃない？」と整が言うので、屋根のついた階段状の見学エリアに向かった。

モーターボートが近づいてきて、中にはふたりの海女が乗っていた。連続テレビ小説で着ている紺地の絣《かすり》ではなく、白装束《しろしょうぞく》だ。解説によると、白は身体を大きく見せるので、海中で鮫《さめ》から身を守るのに有効だったらしい。さらっと言うけど、こえーよ海。

木桶《きおけ》を海面に放り、続いて白い身体が海に沈む。足ヒレもつけていない無防備なつま先が水中に消える時は、はらはらした。しばらくして浮かび上がってくると手にはちいさなあわびがある。十人あまりの観客から拍手が起こった。

二度、三度とそれが繰り返されるうち、一顕は奇妙な音を聞いた。

――ふぃーっ、ふぃーっ、ふぃーっ……。

掠《かす》れた鳥の鳴き声のような、口笛のような。

「……あ」

昨夜、部屋で耳にしたのと同じ。

「萩原?」

思わず声を上げると、整がきょとんと一顕を見る。

「これ――」

『皆さま、この音、お分かりになりますか?』

係員の声が重なった。

『これは磯笛《いそぶえ》と言いまして、海女独特の呼吸法なんです。短い時間で海の中と外を行ったり来たりするため、肺に負担がかからないよう、このように細く息を吐き出し続けています。この、どこか物悲しい磯笛は、伊勢志摩《しま》の情緒のひとつとして、渚の音百選にも選ばれ――』

「渚の音百選なんかあるんだ」

「ほかに何が入ってんだろね」

「海の家でやきそば売る声とか？」

「やだなー」

整と足立の会話をよそに、一顕は磯笛に聞き入っていた。

何も見えはしなかったし、ちっとも怖くなかったが、女が出る、という言葉はひょっとすると本当だったのか。

もしもあの音がそうなら、彼女は海で亡くなったのだろうか。心残りは、置いていきたくない相手は、いただろうか。

その痛みを、いつか一顕も知るだろうか。あるいは、整が。誰もがいつかはいくところ。決して一緒に行けないところ。

素足がするりと海中に消える、後には慎《つつ》ましい泡だけが残る。風に煽《あお》られたしずくがぴたりと一顕の唇を打った。塩からい。

ひかりのにおい

[mellowrain] Hikarinonioi

正月あるある、久々に会った親と些細なきっかけで険悪になる……
いつまでも子どもってことですね。
あと、元日の夜は、テレビの盛り上がりと裏腹に何だか寂しい。
その感じを残したかったのだと思います。

by Michi Ichiho

「柊とカフェ・オ・レ、マグカップ」先生のリクエストで。
柊ちゃんの萌え袖プライスレス。
ほぼ同人誌でしか許されない（頭部というか顔の）見切れてる絵装丁が好きで
ついやってしまうのですが、いつも採用してくれる先生には感謝しかありません。

by Lala Takemiya

Snowing

二年連続で正月に帰らないなんて駄目だ、と整《せい》が主張するので、元日から二日にかけて一泊だけすることにした。たとえばクリスチャンがクリスマスには家族と礼拝に行かなきゃ、というのは分かる。信仰にかかる問題だから。でも正月の帰省をスルーしたら親不孝なのかと一顕《かずあき》には若干《じゃっかん》の不満が残る。実家まで一時間程度だし、貴重な長期休みを割《さ》かなくたっていつでも顔を出せる——と言いながらまあ一年はあっという間に過ぎましたけど。

「……もう行かないと」

「んー……」

ベッドの中で、裸の腰をぺちぺち叩かれて「寒いから出たくない」とごねると「何言ってんだよ」と、音がぺちんと強くなる。

「行きたくない、めんどくさい」

「だーめだって、きっと楽しみに待ってんだから」

「あーあ」

ふたりで醸成《じょうせい》した体温ごと整を抱きしめる。

「半井《なからい》さん、あしたまで何してる？」

「寝てテレビ見てると思う」

「じゃあ今すぐ眠って」

「何で」

「寝てくれてる間にそっと出て行くほうが気楽」

「逆だろ？」

「そうかな」

はいはい、と一顕の駄々《だだ》をいなして整のほうが先に服を着始めた。そうなるとこっちもならうよりない。肌は密に触れ合えば触れ合うほど布一枚隔《へだ》たった時がよそよそしく、また脱がしたくてたまらなくなる。このサイクルに今のところ終わりはない。

「雪降ってるよ」

窓の外を見て、整が言った。

「ホワイトニューイヤーってあんのかな」

「じゃあやっぱりやめる」

「いやそんな降ってないから。夜、友達とも約束してんだろ？」

「まあ、集まれるやつ集合的なゆるい感じで」

半分以上は関東在住だから、それも万障《ばんしょう》繰り合わせてってほどじゃない。テンションの上がらない一顕をほらほらと急《せ》き立て、整は玄関先でマフラーを巻いてくれた。

「実家にお土産とかは？」

「近いし」

「駅まで行ったほうがいい？」

「どんどんめんどくなるからここでいい」

「そんなことばっか言って……あ、そうだ」

一顕のコートのポケットを探るとリップクリームを取り出してくるくる唇をなぞった。

「はい、お出かけ準備完了」

整の腰の後ろで両手を組んでぐっと身体を寄せると、塗りたてのやわらかな唇を押しつけてやる。

「……こら。塗った意味ないだろ」

「だって半井さんもかさかさしてるもん」

メントールの清涼感とかすかにプラスチックぽい味を分け合うと、本当にぐずぐずしていられない時間になってきたので整の部屋を後にする（したくない）。電車を乗り継いで実家に向かう間、外には雪がひゅらひゅらしていた。積もったらいやだな。あした帰れない、もしくは交通機関が混乱して「もう一泊していきなさいよ」と引き留められる展開を予想しますます気が重くなった。いっそきのうからどかんと積もってくれれば、それを理由に行かなかったのに。

初詣《はつもうで》の客、どこかへ遊びに行く客、に混じって、平常の仕事のテンションだな、という乗客もそこそこ見受けられた。駅には駅員がいて、ふだんよりゆるやかなダイヤながらもこうして雪の中電車は動き、コンビニが開いている。

一顕が子どもの頃、正月の街はもうすこし静かだったように思う。さらに昔だと、デパートの初売りはきっちり四日からで、スーパーも閉まるしもちろんネット宅配なんてシステムはないから年末にはどっさり食料を買い込む必要があったらしい。もちろん今でもその習慣は一般的だが「あ、あれ忘れてた」と思えばいつでも買い足せる。

そういう不便な正月を、籠城《ろうじょう》するように整と過ごしてみたいと思う。山奥の温泉とか行けばいいのか？　でもどうしても車移動が生じるしな。今年帰るから来年はまたさぼるって言ったら怒られるかな。


待ちくたびれたわという母親の小言を聞き流し、父や、同じく帰省してきた兄と「久しぶり」と言い合ってから一家揃って「あけましておめでとうございます」をかわした。お年玉は当然卒業し、むしろ自分があげるべきじゃないかとここ数年考えるようになったが、父親はまだ現役なので定年を迎えてからにしよう、とふたつ上の兄と話し合って決めた。

臨時収入に浮かれた子ども時代みたいにわくわくしないが、昔よりおせちは好きになった。要するに酒の肴《さかな》なので。かつてまったく興味がなかったマラソンや駅伝や大相撲《おおずもう》もいつの間にか結構楽しく見られるようになっていたり、大人の階段っていろんなジャンルがあるよなと思う。

おせちにひととおり箸《はし》をつけ、お屠蘇《とそ》でいい気分になってこたつでまったりし、にぎやかだが寒々しい、雪降る初詣中継を流し見て実家に届いた年賀状をチェックして友達と携帯越しにおめでとうと伝え合う。普通の元日だった。整が一緒じゃないだけの。その唯一の空白が一顕にはとても重要で。

「一顕、ねえ一顕！」

「……え？　ん？」

「もう、さっきから何度呼ばせるの。コーヒー飲む？」

「いや、いい」

「あのね、あしたりっちゃんが来てくれるって」

と、千葉に住むいとこの名前を挙げた。

「何時頃？」

「夕方」

「じゃあ駄目だ、俺昼には帰るし」

「ちょっとぐらい長くいたっていいでしょう、新幹線や飛行機の切符取ってるわけじゃないんだし、去年生まれた赤ちゃん見せに来てくれるんだから」

「出産祝いは送ったたし、まだお年玉って年じゃないだろ？　別にいいじゃん」

「そんなにさっさと戻ってお正月からいったい何の用事があるっていうの」

「そりゃいろいろあるよ。こっちの予定は前もって連絡してたんだから、今ぶつくさ言うのはなしだろ」

「前もってって一方的にLINEよこしただけじゃないの」

「え、いつまで滞在でよろしいでしょうかっていちいち許可がいるわけ?」

母親は文句を言い始めるとなかなか引き下がらない。一顛は一顛で、気が進まないまま来てるのにという不満があるし、はいはいごめんごめんと受け流すやり方を、家を出て何年か経《た》つうちに忘れてしまったようだった。

しかし、そんな時頼れるのが家族だ。

「おーいやめろよ、正月だぞ」

こたつの向かい側から兄がタオルじゃなくてみかんを投げよこし、父もぼそりと「そうそう」と同調する。その何気ないタイミングや口調で、固まりかけた空気が攪拌《かくはん》される。

「うん」

みかんを剝《む》いて食べる。家の固定電話が鳴り、母はほっとしたように腰を上げるとまた誰かと正月の決まり文句をかわしていた。しばらく「あらそうなの」「おめでとう」「それがうちは全然」とかん高い声でしゃべっていたが電話を切ってこたつに戻ってくると「岸本《きしもと》さんだった」と言う。ご近所さんか遠い親戚なのか母親の古い友人なのか一顛は知らない、というか覚えていない。おそらく父と兄も同様だろうが、そこはあうんの呼吸で「ふーん」と適切な相づちを打つ。「誰それ?」とか訊くとまた無駄に話が長くなる。

「一顕と同い年の娘さんがいるんだけど、この春結婚するんですって」

芸能人の動向並みに遠い話だがお義理で「へーそうなんだ」と頷くと、矛先《ほこさき》がまた向けられた。母親の悪い癖その2、話を蒸し返す、が発動したとみえる。

「で、一顕はどうするの？　同棲までして別れちゃって、その後はふらふら忙しく遊んではいるみたいだけど、どちらのお嬢さんも連れてみえないわねえ」

「遊んでるとか決めつけんなよ」

「だってあしたも早々に帰っちゃうでしょう。将来のこと、ちゃんと考えてるの？」

「考えてるに決まってんだろ……」

横になって寝ることで攻撃をかわそうと思ったが、きょうの母は特にしつこかった。

「かおりちゃんがうちに来てくれるの楽しみにしてたのに、いきなり、別れることになったから引っ越す、ってそれもメールで事後報告！　いくら親子だからって礼儀がなさすぎるでしょう」

「悪かったって」

「こいつだってまだ傷心《しょうしん》だから次の子とか考えられないのかもしれないだろ？　こんな日ぐらいやめてやれよ母さん」

兄が助け船を出してくれたが「こんな日ってこんな日にしか帰ってこないから悪いんでしょ」と一蹴《いっしゅう》されてしまう。

「かわいくて気が利いていい子だったのに……まあ、片親なのはちょっといただけないと思ってたけど……」

その言葉に一顕はむくっと起き上がった。

「何だって？」

「何よ」

「片親って何だよ、そんなこと思ってたのか？」

「いけない？」

息子の語調にやや怯《ひる》みつつ言い返す。

「死別だったらお気の毒だけど、離婚じゃあね。複雑なご家庭のお嬢さんなのねって思うのは当たり前よ」

「今時そんな家珍しくもないし、離婚して片親なのはあいつのせいじゃないだろ、母さんにどんな迷惑かけたんだよ。いい子って言ったくせしてそんなふうに見下してたのか？」

「見下したりしてない、ただマイナスポイントだなと思ってただけ。普通の感覚でしょ」

「普通じゃねえよ、最低だな」

顔を歪《ゆが》めて吐き捨てた。

「親に向かって何てこと言うの⁉」

「そっちこそ人さまの娘さんに何てこと言うんだよ！」

「おい一顕、やめろって」

「ふたりともいい加減にしなさい」

一顕は立ち上がって自分の部屋に駆け込むと、すくない泊まり荷物とコートを両手に抱えた。

「帰る」

「おいおい」

父と兄はげんなりとした表情を浮かべ、母は「好きにしなさいよ」と言い放った。

「いやいや帰ってきてくれなくたって結構ですから」

「それ、もっと前に言って」

外に出ると、雪の勢いは朝より強く、地面がうっすら白かった。それでもまだ電車は余裕で動いているだろう。いや動いてなくても、何としてでも帰る、と一顕は決意し、整がしてくれたのよりきつくマフラーを巻いた。


ああ、結構降ってんな。どうせスーパー開いてるし、とあまり食料を備蓄していなかった。まああすの夕方、一顕が帰ってくるまでならひとりでしのげるだろう。あしたはどこかへ食べに行こう。気密性が高いとはいえない古いマンションは暖房をつけても寒く、ベッドにこもってそんな算段をしていると、玄関から錠《じょう》の回る音が聞こえてきた。

「え？」

思わず声を上げ、ふとんを跳ねのけて急いだ。扉が開く。

「……ただいま」

一顥が立っていた。朝出た時と違うのは、髪や肩が雪で濡れているくらいか。

「萩原《はぎわら》……」

空き巣や不審者を警戒していたので、顔を見てまずほっとした。それから疑問が湧いてくる。

「え、何で、どしたの」

「帰ってきちゃった」

「え？」

「母親とけんかになったんで」

そんな説明で「そっかおかえり」なんて言えるはずもなく。

「けんかって……何で？」

「大したことじゃない。いや、俺は絶対悪くないと思ってるけど。気分悪いし」

「いや駄目だろお前それは」

やや強い口調で咎《とが》めると、一顥はむっと眉根を寄せた。

「だって全面的にあっちが理不尽なんすよ」

「だからって帰ってくるのはあんまりだよ、いろいろ、料理とか準備してくれてただろうに……夜だって、友達と約束は?」

「いつでも次の機会あるし、母親から好きにしなさいって言われたし」

「売り言葉に買い言葉だろ? たまに会った時ぐらい、お前が折れて優しくしてやらないと……今からでも戻ったほうが」

それは一顕の「は?」という世にも不機嫌な反問で遮《さえぎ》られた。

「実家まで計一往復半? 俺まじで馬鹿みたいじゃないすか? しかも雪で、電車ものろのろ運転なのに?」

「だって――」

「――お前の親は生きてるんだからって?」

一顕が髪をかきあげた拍子《ひょうし》に、しずくが三和土《たたき》に落ちる。

「そりゃそうすよ、正しいよ。でもそれ言われたら、俺何も言えないしできないじゃないすか。うちの親が、寿命だったねよかったねって言われるような死に方するまでそれ言うの? 何十年後?」

いつにない勢いで堰《せき》を切ったようにまくし立てる一顕に、返す言葉がなかった。

「半井さんの言ってること分かるし、正しい……でも、正しすぎて、俺の気持ちが入る余地がどこにもない、って思う」

濡れた頭を軽く打ち振ると、言いたいことはそれだけだとばかりに背中を向けて一顕は出て行った。

きちんと施錠《せじょう》までして。

どうしよ、と整は呆然と思う。親子げんかで帰ってきて、何でこっちまでけんかになってんだか。三和土に濃くしみた雪の名残《なごり》を見つめる。

そうしてしばらく立ち尽くしているうちに、一顕の唇がまたすこし逆剝《さかむ》けていたのを思い出した。指の先や、鼻の頭が赤かったのも。俺の気持ち、という言葉がよみがえってくると、ようやく放心の底から、失敗した、という後悔がじわりとあぶり出しになる。

雪道を歩いて寒かっただろうに、疲れただろうに、どうして部屋の中に上げて話を聞かなかったのか。整に会いたいと思ってくれて、ひとりでいる整を心配してきてくれたことにまず「ありがとう」が言えなかったのか。

追いかけなくては。

部屋着にコートだけ羽織って外に出ると、階段を駆け下りた。エントランスのガラス戸を押し開けるとそこはもう一面に雪が積もり、まだ新しい足跡がひとつ、みぎひだりみぎひだりとテンポよく連なっている。正月でこの天気だ、出歩く物好きもいないのか、推理小説のトリックみたいにきれいな、一顕だけの痕跡《こんせき》。これを辿《たど》っていけば会える、というのは何だか童話っぽい。空は暗いのに地面はほの明るく発光して見える。整よりすこし大きい足型に向かって踏み出そうとした時、入口脇の植え込みで携帯が鳴った。

雪をかぶった葉っぱの上でちかちか光っているそれに、どうも見覚えがある。おそるおそる液晶を覗き込むと「兄ちゃん」という相手からの着信を告げていて、表示されたアイコンの顔写真は一顕にすこし似ていた。

とりあえず、出てみる。雪で濡れた端末のつめたさに、また一顕を思いながら。

「……はい」

『お前シカトすんなよ！』

開口一番怒られた。声もやっぱり、一顕に似ている。

『電話ぐらい出ろっつーの。そんで、年明けから家の空気微妙にすんのまじでやめろ。お前らしいっちゃらしいけどさあ』

「すいません」

つい素直に謝ると、相手も弟じゃないのに気づいたようで「あれ？」とうろたえ始めた。

『え？　この番号……』

「いいえ、合ってます、萩原くんの携帯です」

くんづけで呼ぶ時、ちょっとくすぐったかった。

「僕は会社の同僚の者ですが、うちに寄った時、忘れていったみたいで」

『ああ、ついさっきも鳴らしたら切られたから、そん時だと思います。バカだなーあいつ』

おそらく、コートのポケットにしまおうとして、滑《すべ》り落ちたのに気づかなかったのだろう。戻ってくるだろうか？　自分の足跡を逆に辿って。

『どうもすみません、うちの弟がお手数かけまして』

「いえ」

うちの、という表現がうらやましかった。雪を避けて庇《ひさし》の下に入ると尋ねた。

「あの、萩原くんは、お母さんとけんかして帰省を切り上げたようなこと言ってたんですが、大丈夫でしょうか」

『ああ』

軽く苦笑して、いきさつを教えてくれた。なるほど、一顕らしい理由だった。整に話さなかったのも頷ける。

『俺も実はショックだったけどさ、自分の母親がそんなこと言い出すなんて思わなかったから』

一顕の兄はそう洩らした。

『親には「正しい人」でいてほしいって望みがあって。偏見とか持ってないっていう意味での。母親は、片親だからどうだなんて、今まですくなくとも俺たちの前では言わなかった。親として子どもに聞かせちゃいけないって自制があったんだろうね』

「でも、結婚相手となると別なんじゃないですか」

『それもあるし、俺たちがもういい大人だから、人間としての正直な本音を見せても大丈夫だろうって思っちゃったのかな。でもあいつ、真っ向から、子どもとして恥ずかしいって反発の仕方だったから、母親も引っ込みがつかなくなったというか』

「……僕は、どっちも悪くないと思います」

『だよね、確かにちょっと引いたけど、母親の気持ちは分からんでもない』

彼女はきっと、離婚などという事態からほど遠い家庭を築き、その中で息子ふたりを育て上げた。結婚生活に充実や幸福を感じていればこそ、息子の伴侶《はんりょ》にも同じような境遇の女を、と願ってしまう。我が子が自分のような幸せを得られますように、と。

親だって、自分以外の人生を歩んできたわけじゃない。そのたったひとつを基準値にしてああなってほしいこうなってほしくないと考える。もちろん、親の望みに反した選択が不幸とイコールだなんてはずはない。誰の人生もそんなに単純じゃない。

だから整が一顕を好きなこと、一顕が整を好きでいてくれること。誰にも、何の負い目も感じなくていい。

分かってる。頭では分かってるんだよ、萩原。

『だからさ、えーと……』

「半井です」

『ありがと。半井くんさ、一顕が電話取りに来るだろうから、お前から折れてやれって言っといて。兄貴からの伝言だって』

「はい」

『何かおかしいな、顔も知らない弟の同僚に親子げんかぶっちゃけちゃって』

「そういう時もあると思いますよ」

自分の人生と無関係な——無関係だと思っていた——他人だからこそ打ち明けられる、という場合が。

『俺も都内だから、今度三人で飲もう。面倒かけた弟におごらせるから』

いいですね、と笑って電話を切った。立ち話の間にずいぶん凍《こご》えてしまったけれど、それでもいったん部屋に戻るという選択はない。携帯と伝言をポケットにしっかり預かる。今度は、怒らせないようにちゃんと話そう。降り続く雪が一顕の足跡をどんどん均《なら》していっても、大丈夫。探すから。会いたいから、探す。

駅と反対方向の角を曲がっている足跡を追う。まっすぐ……まだまっすぐ……ほかの誰かの足跡、車の轍《わだち》、いろんなものがごちゃごちゃと一顕を見えなくしてしまう。

さて、この先は右か左かまっすぐか。十字路に差しかかり、いよいよ手がかりは判別不能になる。きょろきょろしていると、右の道から歩いてくる人影が街灯に照らされた。

「……半井さん」

片手に小ぶりなボストンバッグ、これはさっきと変わらない、が、もう片方の手にレジ袋を提《さ》げた一顕は、どうやら近所の年中無休スーパーに行ってきたようだ。

「え、何やってんの」

荷物を揺らして整に駆け寄ると「薄着すぎる」とまず怒った。

「下ジャージだし、靴下も履《は》いてないし……とりあえず帰ろう、部屋入れて。今電話しようと思ってて」

「俺が持ってるよ」

一顕の携帯を取り出すとコートのポケットに間違いなく落としてやった。

「え、何で？」

「玄関の植え込みんとこ落ちてた」

「え？　……あ、あー、あれだ、兄貴から着信しつこくて切った後か。ごめんまじ助かった」

整は一顕の手からレジ袋を奪い取り、歩き出す。

「半井さん」

「何だよ」

「ごめん、さっき」

「俺には簡単に謝れるんだな」

「だって嫌われたくないもん」

「甘えやがって……」

それは裏を返せば、親は自分を嫌いにならないし自分も親を嫌いにならない、ということだ。そういうふうに、愛情かけて育ててもらって今の一顕がある。一顕だってちゃんと分かっている。お互いの正しさや理解というものは寄り添うばかりじゃなく、時に磁石の同極みたいに逸《そ》らし合ってしまう。でも、それでも、並んで歩いている。髪の先までかじかむ雪空の下。

風呂場に飛び込んで、ふたり同時に浸《つ》かれる広さの湯船じゃないから、ぴっちり抱き合って熱いシャワーを一緒に浴びた。膝下の高さに湯がかかるよう調節し、足下からじんわり全身をほぐしていく。


「萩原、いつの間にか敬語消えたと思ったらけんかの時だけなぜか復活してたな」

「そうだっけ？　全然意識してなかった」

「お兄さんと、実はちょっと電話で話した」

「え、何で」

「かかってきたから」

「なにしゃべった？」

「言わない」

「おいー」

「そういえば、次男なのに『一顕』ってふしぎだな」

「兄ちゃんは『一照《かずてる》』、どっちも一。生まれた順に数字つけて、それが何かのランクみたいに思ったらかわいそうだからって、両親で決めてたみたい」

「いい親じゃん」

冗談めかして言うと「知ってる」と返ってきた。床から立ち昇る湯気で互いの肌はしっとりとした熱を帯びていく。整は強く一顕にしがみつき「ありがとう」と言った。

「きょう、帰ってきてくれてありがとう。嬉しかった。でも、萩原が俺のこといちばんに考えてくれて、それが嬉しいって言ったらお前はもっとそうしてくれると思うから、怖かった」

背中にすがる指は、どんなに力を込めても滑《すべ》り落ちてしまいそうな気がする。

「親だったり、お前の人間関係だったりに申し訳ないって気持ちと……何か、どうしよう、責任取れないっていうか、支払う対価がないから怖い、みたいな、保身っぽい気持ちに時々なるんだ」

「うん」

一顕の腕も、隙間なく整を包む。

「ごめん」

「ううん。分かる。何にも怖くないって思ったり、何もかも怖いって思ったり、するよ、俺も」

「よかった……」

凪《なぎ》より波が、晴れより雲が、必要なのだ。でないと確かめ合えない。

「うん」

今年もよろしく、一緒にいよう。


その後、湯を溜めて「百数えて」と整を浸からせている間に何をしていたのかというと、母親と電話で和解したらしい。

「ほんとかな～……」

「まじだって。ついでにちゃんとホワイトソースの作り方訊いたし」

一顕が作ってくれたクリームシチューには、豚ひき肉のミートボールとシャウエッセンがごろごろ入っていた。

「肉系って普通どっちかじゃね？」

「兄貴がちっさい頃少食の偏食《へんしょく》で、肉はミンチかハムソーセージのみって感じだったから、うちでシチューつったらこの組み合わせ」

「ふうん。まあうまいからいいや」

せっかくホワイトソースをこしらえたのに、炒《いた》めたミートボールの焦《こ》げが浮いて全然見栄えがよくないのも、「家のおかず」という感じがした。

「残ったら、煮詰めてとろっとさせて、粉チーズとか混ぜて、ロールキャベツのソースにすんの」

「あ、いい、それ」

向かい合う、一月一日の食卓。同じ家で同じものを食べ続けたら自然に「家族」になれるようなシステムがあったらいいのにと整は思う。口に出さずに思う。一顆にもそんな時がいくらでもあるはずだ。互いの胸の中だけで音もなく降り積もる雪がある。

それは決して不幸せな関係ではないと思う。

ひかりのはる

[mellowrain] Hikarinoharu

久しぶりに半井さんの情緒不安定が全開に。
め、めんどくさ……と思いますが、
そういうのにぐっとくる一顗だからうまくいくんでしょう。
足立くんにカミングアウトしたら「え～言ってよ早く～！」って言うんだろうな。

by Michi Ichiho

『～におい』と対のつもりでこちらは整を。
コートの色に桜の巨木の濃茶を落とし込むはずが、仕上がってみれば薄紫の春霞。
でも整を春に置くと、その方が確かに不思議とそれっぽい…？感じもします。
やさしい春ですね。

by Lala Takemiya

一顕《かずあき》が、三泊四日の出張から戻ってきた。最終の新幹線だったので整《せい》の部屋に来た時点で日付を越えている。

「おかえり、お疲れ」

「うん、遅くにごめん、これ、玄関先に置いといていい？」

ポリカーボネートのビジネスキャリーはくまなく水滴をまとっていた。一顕のスーツの肩も、すこし色が濃くなっている。

「雨、結構降ってた？」

「小雨《こさめ》に見せかけて地味に量ある、みたいな。アプリでタクシー呼ぼうとしたんだけど全然捕まんなくて歩いたから」

「寒かっただろ、風呂沸いてるよ」

「ありがとう」

ようやっと疲労がゆるんだのか、ほっとした笑顔がこぼれる。

「……狭いけど」

「え、そんなの全然いいよ、てか知ってるし、別に狭くないし」

何言ってんの、と一顕用の引き出しから着替えを出して脱衣所に向かう。

「あ、先寝てていいから」

「うん」

と返事はしたものの、キャリーの外側を拭《ふ》いてからテレビを観て待っていた。三十分ほどで一顕が出てくる。

「もー、寝ててって言ったのに」

「台詞《セリフ》と顔が合ってないけど」

すごく嬉しそうな顔。

「ばれたか」

「隠す気あった？」

「あー久しぶりだー……」

しっとりとぬくもった身体に抱きしめられると、その中から雨音が聞こえてくるみたいだった。温かな雨。体温が逃げないうちに、ベッドに閉じこもってしまえ。

「泊まり出張明けで仕事、きついだろ。戻りがこんだけ遅いんだから週末の日程にしてくれたらいいのにな」

「まあ、向こうでのスケジュール甘めだったし、新幹線で寝たし」

横向きに肩を起こそうとした時、一顕はすこし顔をしかめた。

「どした？」

「肩凝《こ》ってるみたい。夜遅くにキャリーがらがらさせたら迷惑だなと思って提《さ》げてきたから」

「揉《も》む？」

「ううん」

頬に触れられる。湯でほとびた手は子どもみたいにやわらかく熱い。でもその中にあるのは幼い熱じゃない。

「別のサービスがいいな――疲れてなかったら、だけど」

「お前がだろ」

「平気」

「じゃあしよう」

「うん」


結局、五時間も眠れなかったと思うが、朝の一顕はすっきりと元気そうだった。

「眠りが深かったからすごい満足感。睡眠てやっぱ量じゃなくて質だな」

「そんだけ疲れてたんだろ」

「違う違う。最近一緒に寝れてなかったから、これこれーって、足りない栄養摂取《せっしゅ》した感じ」

その感じは分かる。ひとりで寝るほうが肉体的には自由でリラックスできているはずなのだけれど、あちこち肌と肌を接して、呼吸や鼓動を近くして落ちる眠りは、ともすればこのまま琥珀《こはく》の中の虫みたいに固められてしまいそうなほどとろりと密に濃い。それにひとりきりで眠ることは、一顕にとって寂しさやストレスとイコールなのかもしれない。求めても与えられなかったたくさんの夜。今が満たされれば、過去に空《あ》いた穴も自動的に塞《ふさ》がるわけじゃない。一顕の寝顔を見ていると、時々たまらなくかわいそうになる。あのタイミング、あのかたちで出会って近づかなければお互い好きにならなかったとしても。

触れられない、出会う前の一顕にも恋をしている。

「夜中に押しかけてよかった」

「バカ」

「何で――……さむ！」

雨も雲も消え、空はまっさらに澄んでいた。外に出ると一顕はぎゅっと両目をつむる。

「あしたの朝は放射冷却でもっと冷え込むって」

「まじで？　天気よすぎてもやなんだよな冬は……」

エレベーターがないので、またキャリーのハンドルを持ち上げなければならない。

「それ持つよ」

「いいいい」

階段を下りながら、一顕は「あ、そうだ」と後ろにいる整を振り返る。

「危ないって」

「兄貴が、来週の土曜でどう？って。足立《あだち》と飲むの金曜だったっけ？」

「そう」

「じゃあ大丈夫か。半井《なからい》さん空いてる？」

「うん」

「じゃあそれで——……てか、無理してない？　断ってくれていいよ」

正月、一顕の兄と軽く電話で話す機会があり、「今度飲もう」的なやりとりを、整は社交辞令と思っていたのだが、先方は前向きに考えてくれたらしい。

「別にいやじゃないよ。むしろ会ってみたい」

「普通の兄ちゃんだけど」

「うん、でも電話でしゃべった感じ、やっぱ萩原《はぎわら》に似ててはきはき明るかったから、基本的に苦手だとは思う」

「それどういう意味！」

「だってまぶしい感じのリア充見ると引いちゃうからさ」

「普通だって……」

地上でようやくキャリーを転がし始める。がらがらという車輪の音に張り合うように鳥のさえずりが聞こえた。

「お、すげー鳴いてる」

「すずめじゃないよな、何の鳥だろ」

「うぐいす?」

「全然違うじゃん」

「そんくらいしか知らない」

とりとめのない話をしながら歩く。整は思う。毎日こうだったらいいのに。


「萩原くん女できたよね」

飲み屋で足立が唐突にそう切り出した。

「はあ?」

万一の心配が浮かぶ暇もないほど即座に一顗は「何言ってんだこいつ」という呆れ顔をする。

「あっ図星だ」

「この反応のどこがだよ。妙なうわさ回って誤解されたら困るから冗談でもやめろ」

厳しめに釘《くぎ》を刺された足立は「根拠はあるもん」と反論する。

「こないだ、出張明けキャリー持って出勤してきたじゃん。あっ、こいつ絶対家帰らずに女のとこから来たよ~って」

「バカ、単に新幹線間に合わなくて夜バスに切り替えただけだよ」

いとも自然な口調で嘘をつく。

「なーんだつまんない。いつまた同棲始めんのかなって思ってたのに」

「何だそれ」

「萩原同棲好きじゃん」

「へんな言い方すんな」

「独り暮らしの女の子んちに二週間ぐらいいて『学費払わないぞ』って親にキレられた話、大学二年の時でしたっけ?」

「あーもうまじ最悪だな、お前には今後何も話さねー」

「昔、俺の当時の彼女がうちに入り浸《いびた》って帰らないってこぼしたらあっさり『そのまま一緒に暮らせば?』って言ったもんね」

「で、暮らした?」

整が尋ねると「まさかー」とかぶりを振る。

「やだよ、無理だよ、毎日家にいるとかさ。新鮮味がなくなるし、絶対けんか増えるし。俺、好きな子にはディズニーランドみたいな存在でいてほしいの。夢と魔法の国。だからディズニーは楽しいけどそこで暮らすのはちょっと……みたいな。今夜もエレクトリカルパレード?って思うじゃん」

足立らしい喩《たと》えに笑ってしまう。

「でも結婚したよね」

「それを言われるとな〜、でも子どもいると飽きないね、毎日違う何かがあるから。子どもっていいことも悪いことも予想外で、マンネリがってる暇もないよ。あとは相性？　嫁もあんまりべたべたするタイプじゃないし」

「なるほど」

「でさ、萩原、『誤解されたら困る』ってことは、やっぱいるんじゃん」

「ひみつー……あ、ごめん、電話だ」

慌てて店の外に出ていく一顕の背中に「けち！」と投げると、足立は整に向き直る。

「半井くんなら知ってるよね」

「え、知らない」

「えー教えてよー、萩原には黙っとくからさ」

「まじで聞いてない」

当事者すぎてとぼけるのにも緊張したが、「なーんだ」と疑われなかった。

「まー半井くんクールだからなー、あんまその手の話する感じじゃないか」

むしろその手の話ばっかかして仲よくなったんですけどね。

「半井くんて同棲したことある？」

「ない」

それは嘘じゃない。和章《かずあき》との暮らしは「同棲」と呼べるようなものじゃなかった。けんかも倦怠《けんたい》もなかった。秘密の上にうすく張った氷の色を見定め、そろそろとつま先で足下を確かめながら進むような毎日だった。雲に蓋《ふた》をされて陽《ひ》の射さない、ふたりきりの氷原《ひょうげん》は、幸せな絶望に閉じていた。

「将来的には？　結婚する前にしときたい派？」

「どうかなー」

曖昧《あいまい》に濁《にご》すと、足立は不意に真剣な顔つきになって「萩原割と寂しがりだしさ」とつぶやいた。

「基本的にまじめだから、同棲つったって、家事やってもらおうとか金浮かせようとかじゃないんだよね。生活の土台を一緒につくりたいっていう願望が、『本気』とイコールなんだと思う」

恋愛に夢を求めるか、現実との調和を求めるか。一顕は割と早めに後者へ移行したいタイプなのだろう。

「……だから、新しく、一緒に暮らしたいほど好きな子ができたんならよかったんだけど。上から目線って思わないでね」

「思わないよ」

「で、どんな子とつき合ってんのかなあ？」

「フェイントかけられたって知らないなー」

かわしていると、一顕が戻ってきた。

「まだ詮索《せんさく》してんの？」

「してないよーん。あ、そういえばさ、こないだ人事と総務合同でコンプラ研修あったでしょ？」

「よく知ってんね」

「中身もうっすら聞いた、うちも同性カップル解禁するってやつ」

ほんと耳早いな、と半《なか》ば呆れつつ感心した。正式な通達を出すまで一応部外秘のはずなのに。現に一顕は「え、まじで？」と驚いている。

「あんま言うなよ、これから広報とプレスリリースのこととか詰めなきゃいけないし」

「解禁てどういうこと？」

一顕が口を挟む。何かを期待しているわけでも警戒しているわけでもなさそうな、ごく軽い問いかけだった。

「申請したら福利厚生《ふくりこうせい》とか住宅手当を既婚扱《きこん》いにしてもらえる」

「でもさー、単なるルームシェアなのに偽装《ぎそう》するせこいやついそうじゃない？」

足立の疑問はごもっともで、正式な制度の開始に向けて法務が要件の策定《さくてい》に頭を悩ませているところだった。

「まーグローバルスタンダードに合わせたいってことなのかなー」

「それならまず欧米並みにバカンスくれ、だよ」

一顕のぼやきに足立が「ほんとに！」と頷き、その話はすぐに終わった。

店を出て、単純な交通機関の事情で足立がまず離脱した。ふたりきりで、道にはみ出した居酒屋の看板やバーの黒板を避けつつ歩く。

「……引っ越そうかな」

整がぽつりと言うと、一顕は数秒足を止めた。

「え、何で？」

「古いし、やっぱちょっと立地が辺《へん》ぴだし」

「んー……」

頭上に思い浮かべているのだろうか、すこし顎《あご》を浮かせて視線をさまよわせてから「俺は好きだけどな、あの家」と言った。

「味があるし、昔の建物のほうがむしろ丈夫だとか言わない？　建材とかぜいたくなの使ってるって。水回りとかも全然問題ないんだろ？」

「ないけど」

「あのマンション、半井さんに合ってると思うけどな」

褒《ほ》め言葉と取るのは難しいような。

「俺が昭和だって言いたいの？」

「違う違う……何か、あの家にいてくれると思うと安心するっつーか落ち着く。俺のわがままかもしんないけど」

「エレベーターもないのに？」

「運動大事。まあ、半井さんが不便でいやなら仕方ないよね」

屈託《くったく》ない笑顔を向けられると「別に、ちょっと思いついただけだし」と引っ込めるしかなかった。

整だって、今の部屋は気に入っている。でも、たとえば夜遅く疲れてやってくる一顕がタクシーを拾えないのとか、キャリーを持って四階まで上がらなきゃならないのとか、追い焚《おだ》きできる広い風呂で寛《くつろ》がせてあげられないのとか、申し訳ない——……いや、違うな。「俺が」いやなんだな。

一顕はちっとも不満に思っていない、それは分かった。でも、それはそれとして「引っ越し」というワードに、言葉は悪いけど、こう、食いついてくれるものかと思っていた。じゃあもっと近くに住もうとか、いっそ同じマンションの別部屋とか。

様子見の球なんか投げず、整のほうから打診すればあっさり「いいね」と賛成してくれるのかもしれない。けれど基本的に「好きなら一緒に暮らしたい」と思っている（はずの）一顕が、会いたがったり名残《なごり》を惜しんだりはするくせに生活の距離を縮めようとしないのは、気が進まないのかとこっちも腰が引けてしまう。

もともとは、互いに別の相手と暮らしていた。いろいろあってひとり同士に戻り、それぞれの部屋を借りた。そこが一顕との再スタート地点になった。手探りというか、向こうも半信半疑だったと思う。ちゃんと続くのかな。やっていけるのかな。勢いとタイミング任せの溺《おぼ》れるようなセックスから始まったし、男同士だし、この恋をちゃんとありふれた日々に落とし込んでいけるのか、不安だった。あんなに好きでも終わってしまうのだから今回だって分からない、という弱気と、今度こそ絶対手を離したくない、という望みの間で何度も揺れた。それはいつもひとりの夜だった。

自分たちはうまくいっている。働いて出かけて食べて眠り、時々取るに足りないけんかもして——あくまで、今のところ。

整自身の気持ちでいうと、もっとフットワーク軽く行き来できる距離ならいいな、と思いはするが、どうしても一緒に暮らしたいというわけじゃない。ただ、過去の一顕を好きになることは、過去の恋人に嫉妬することでもある。

あの子と知り合ってから同棲するまでと同じくらいの時間が俺との間にも流れただろ、と比べてしまう。愛情への疑いなんかはみじんもないのに。

一顕は優しい、というか優しくするのがうまい。計算高いという意味じゃなく、さらっと人のために話したり動いたりできる。さっきだって、敢えて整の前で「誤解されたら困る」と否定してくれた。それが嬉しいのと同時に、かつてこいつの優しさの中でぬくぬくしてた女が複数いるのだと連想してしまって、ほんの一瞬だけど、本当に頭にくるレベルでむかついた。おかしいな、前はもっと余裕を持っていた気がするのに。まだ生々しい直近の彼女を除けば、一顕の過去の恋愛について聞くのも結構楽しかったし。

「——半井さん、駅通り過ぎるよ」

肘《ひじ》の内側を引っ張られ、もの思いにふけり過ぎていた自分に気づく。

「あ、ごめん」

「酔った?」

「ううん」

「あしたほんとに大丈夫? 半井さんあんま酒強くないから二日連続で予定入れないほうがよかったかな」

「平気だって」

一顕が整を見ている。整だけを見ている。それだけでどきどきする。べたべたしたくなった。性欲が勝ちすぎないよう微妙にこらえながらただくっついてべたべたしたい。べたべたしたくてうずうずする。

「……おーい」

指の腹で、軽く額を叩かれた。煩悩《ぼんのう》を見透かされたらしい。

「いかんでしょ」

「何が?」

「分かってるくせに」

一顕は困ったように笑った。そんな顔をされるとこっちも落ち着かなくて困る。

一顕の兄は、一照《かずてる》という（名前だと一顕から聞いた）。

「音読みにすると坊さんみたいでしょ、ふたりとも」

第一印象では「すこし似ている」程度だったが、笑う時の目の細め方や口角《こうかく》の上がり方は、ああ他人じゃないなとはっきり思わせる。メニューとか取り皿とかしょうゆとか、細やかに気がつくところなんかはそっくりだ。何より、兄弟でいると一顕が「弟」っぽい空気になるので驚いた。はっきり言動に出るわけじゃないけどそこはかとなくかわいい。正月、ちょっと甘ったれた雰囲気に見えたのは、「家族の中でいちばん年下」というニュアンスを、粉雪みたいにまとって帰ってきたからだろう。

一照は大手ゼネコンの調達部門で働いているとかで、日経平均やらメガバンクの金利やらオリンピックのスポンサー契約やら、家族としての交流よりはサラリーマン同士の会話が弾《はず》んでいた。大人になった兄弟ってこんなふうなのか、とひとりっ子の整は新鮮な気持ちで眺める。

「——ところですいませんね正月は。ほんとつまんない親子げんかの巻き添え食わせちゃって」

ふと、元日の件について一照から触れてきた。いえ、と整は微苦笑で返す。

「萩原、ほんとにちゃんと仲直りした？」

「したって……」

「お前さ、大学ん時も母さんがバイト先覗きに行ったらガチギレしたよな。あれ以来のけんかじゃないか？」

「そんなことで切れんの？　かわいそう」

整の非難に一顕は「いきなり来られたら腹立つに決まってんじゃん」と弁解した。

「授業参観じゃあるまいし恥ずかしいだろ」

「お前こそ子どもじゃないんだから……たばこ大丈夫ですか？　ありがとうございます」

一顕はたばこを吸わないので、持ち方や火のつけ方、煙の吐き出し方は比べようがなかった。

「ていうか、けんかはまだしも、一月一日からよその家にお邪魔すんなよ、非常識な」

ごくごくまっとうな注意で、整を気遣って言ってくれたのであり、そして整の家は「よその家」以外の何物でもない。分かっていても、反射的に強い口調で言い返してしまった。

「いいんです」

一照の口元で、たばこの灰がちりっと伸びる。

「――……どうせひとりで、予定もありませんでしたから。むしろ俺が退屈してるだろうと思って、わざわざ来てくれたようなもんで……」

どう締めくくっていいか分からなくて曖昧《あいまい》になった語尾を、一照は「ならいいんだ」と穏便に引き取ってくれた。

「すいません、ちょっとトイレ行ってきます」

「あ、出て右の奥ね」

「ありがとうございます」

掘りごたつの座敷から立ち上がり、障子《しょうじ》で仕切られた個室を出る。客用のつっかけが見当たらなかったので、上がり框《かまち》に座ってブーツに足を突っ込む。ジーンズの裾《すそ》を直したり靴紐《くつひも》を何回も結んでほどいたり、わざとぐずぐずしたのは、兄弟ふたりきりだとどんな会話をするのか聞いてみたい、という下心が働いたからだ。店の突き当たりにある座敷エリアに客はまばらで、したがって雑音もすくない。

「俺、何か失言しちゃった?」

座り込んだままの整の丸まった背中に一照の声が聞こえる。

「半井くん気ぃ悪くしてなかった?」

「いや、大丈夫」

一顥のフォローも。耳だけよく働かせていると、しゃべり方やスピードも似通《にかよ》っていた。同じ親から生まれた別の人間、ってふしぎだ。自分にもし兄弟がいたら、どんな話をしたんだろう。親を亡くした時、一緒に呆然としたり遺品を整理したりできる誰かがいれば、あんなふうに自分を失ってぜんぶ和章《かずあき》に背負わせずにすんだだろうか。

「お前の友達に今までいなかったタイプだな」

「何で」

「もっと分かりやすく明るいやつばっかだったじゃん」

「テンションは低めだけど暗くないよ」

「んー……暗いっていうんじゃないけど、独特の影があるよな。ちょっと謎めいてて……女優とか芸術家とか、一般人じゃない彼女がいそう」

「……どうだろ」

一顕の答えには若干《じゃっかん》の間があった。

「そういえば、お前はどうなの」

「ん？」

「結局、かおりちゃんと何で別れたのか未《いま》だに聞いてないからさ。母さんには黙っててやるから吐けよ」

「何でだよ」

「週末だからべろべろに酔いつぶれて泣いたって平気だろ」

「いや泣かねーし」

「そう？」

笑い混じりだった声がすっとトーンを落とす。整は顔が強張るのを感じた。

「あの子と別れるって、お前にとってそんぐらいの打撃だったと思うんだけどな」

「もう一年以上経《た》ってんだから」

「新しい彼女つくらないのは引きずってんのかと思って」

会話が途切れ、その代わり食器の音が控えめに響いた。とん、とすこし重たげな音は、ビールのジョッキを置いたのだろう。

一顕が答えた。

「――つくってない、わけじゃない」

え、おい。整ははっと上体をねじって振り返り、はらはらと障子を見つめる。ちょっと兄弟の会話を窺うだけのつもりだったのに、まさかこんな展開になろうとは。

「あ、そうなの？　何だ、心配して損した」

「ていうか、つくったから別れた」

「……は？」

「俺が、ほかの人を好きになった。だからかおりと別れた」

そこからの、短い沈黙の怖かったこと。

「……まあそういうこともあるかもしれんけど……でも一緒に暮らしてたんだからさ、最低限の順序は守ったんだろうな」

「守ってない」

「……おいおい」

呆れと苛立ちを含んだため息をどちらが発したのかは考えるまでもない。

「お前、そんなやつだったっけ？　……あーくそ、たばこ切れたし」

「買ってくる。入り口んとこに自販機あったよな」

一顕が出てくるのを分かっていても、整は動けなかった。障子が開き、まともに目があった時一顕は一瞬固まったが、人差し指を口元にあてたまま近づくと、と耳元でささやいた。

「非常階段で待ってて」

「え」

「早く」

言われるまま店を出て、エレベーターの隣にあるそっけない鉄扉《てっぴ》を押し開ける。飲食店ばかりが入った十階建てのビルの最上階なので、手すり越しに階下を覗き込むとくらくらした。ひと気も飾り気もない空間は寒々しく、喧騒《けんそう》から隔絶《かくぜつ》された静けさがきいんと糸を張っている。下まぶたと眼球の境目がじわっとにじんだ。

「……危ないよ」

手すりに寄りかかっていると、一顕がやってきた。コートを着込み、手には整のコートとマフラーを抱えている。

「……お兄さんは？」

「半井さんがトイレで具合悪そうにしてるっつって出てきた。ひとりで飲んで帰るってさ」

「えっ」

上着を差し出されたが受け取らず「駄目じゃん」と言った。

「駄目なのは半井さんだろ、座り聞きしてやがって」

「……ごめん」

「それは別にいいけど、こんな顔してんのに、はい飲み会続行ってできるわけないし」

整の両肩にコートをかけ、すこしだけ濡れた目元を拭《ぬぐ》う。

「どうしたの」

優しく尋ねられると却《かえ》って涙が止まらなくなりそうでかぶりを振る。

「……だって、どうすんの」

「うん？」

「俺のせいでお兄さんに軽蔑されちゃったじゃん。どうすんの……」

「大げさな」

一顕は手際よくマフラーまで巻きつけた。

「まあ、怒ってたけど、金置いてこうとしたらいいって言われたし、顔も見たくないとかそんなレベルじゃないから」

「でも」

失望していた。俺の弟はそんな不誠実な男だったのか、と。兄弟仲がいいぶん落胆も大きかったのだろう。違うのに。

「半井さん」

温かな両手で整の頬を包み、一顕が言う。

「俺のせい、とか言うなよ」

整はさっきより強く頭を打ち振ってその手から逃れた。

「でも萩原のせいでもない」

「そうかな」

「何で自分だけ悪者になっちゃうの？」

「詳しく話せってこと？　……やらせてくんなくて、とかさすがに家族に言いにくいし、ぶっちゃけたら余計に俺、駄目な感じしない？　性欲持て余して浮気しただけみたいなさ」

身体だけを好きになったんじゃないとか、セックスしないと仲よくできないのかとか。一顕はきっと、何度も自問しては都度傷ついてきた。その言葉を人から投げられるのが怖いから何も話したがらない。分かっている。整だけは分かっていなければならない。

でも、悔しい。

「全面的に悪いって思われても平気？」

「平気ではないけどさ、しょうがないじゃん」

整を思いやってくれていると分かるのだけど、軽さにもやもやするというかむかむかするというか、この間から未消化のしこりが自分の中で毒素に変わるのが分かる。整が不機嫌を顔に出すと一顕も「どうしろっての？」とやや口調を尖《とが》らせた。

「どこにそんな引っかかってんの？　もう会わない相手を悪者にするわけにいかないだろ」

一顕は正しくて優しくてまぶしい。もう会わないんだったら都合よく悪者でいてもらったって困んないよ、なんて考えは浮かばないのだ。正月、母親と衝突した原因だってかおりだと一照から聞いた。

——元カノの家庭環境を母親がちょっと下げる流れになっちゃってさ、途端にあいつ怒り出して。

ああそっか、俺、あん時もほんとは腹立ったんだな。聞き流したっていいのにって。お前のお母さんに悪く言われてようがお前に庇《かば》ってもらってようが、知らないし知る機会もないんだから。

「向こうだって、俺の悪口とか言ってないだろうし」

「そんなの、何で分かんの」

「いや当たり前だろ」

「一緒に暮らしてたから？　一緒に住んでたから何でも分かるし、今も信用して守ってあげんの？　そんで俺の気持ちは一緒に暮らしてないから分かんないの？」

歯がゆい。今さら過去に嫉妬する自分、些末《さまつ》な違いにこだわる自分。ふたりでした行為なのに、一緒に責められることもできない自分。何もかもが。

「……半井さん」

一顕は狭《せば》めていた眉間《みけん》をふっとゆるめ、整の胸元に手を伸ばすと袖《そで》も通していないコートの襟《えり》を寄せる。

「半井さんは、俺と一緒に暮らしたいって思ってくれてんの？　たとえばこないだの話みたく、そのうち会社に届け出して一緒に暮らす？」

「いやだ」

「おい何なんだよ……」

「前も言ったけどそれは怖い」

整の安心だけを考えてくれて整の願いだけを叶えてくれてそのほかの人間から何をどう思われても構わない。そんな一顕を望んでしまいそうで怖い。そんな一顕を好きになったんじゃないのに。

足立の思いやりも一照の憤《いきどお》りも、整には心苦しい。でも一顕の世界に必要なものに決まっている。

明るくひらけたところにいてほしいんだ。

抱きしめられると、もうどこにも行きたくないし行かせたくない気持ちは前よりずっと強いけれど。

どんどんどんどん好きになるけれど。

「ごめん」

一顕の腰に腕を回して謝った。

「わがままだよ、そんなわけないって分かってんだよ、でも、萩原が離れて暮らしてても平気そうにしてると、俺は、あの子ほどには好かれてないのかなって――」

「バカじゃね」

一顕が整の言葉を遮《さえぎ》る。乱暴だけど多分に笑い含みだった。

「バカだな」

「知ってるよ」

「正月は俺が駄々こねて、今回は半井さんがぐずぐず言うとか、オセロみたい俺たち」

「波長が合わない」

「同時にぐだるよかいいだろ」

耳に唇がくっつき「好きだよ」とゼロ距離で聞こえる。

「別の人間と比べようがないし、証明とかできないけど、それでも思ってるよ。こんなに好きになったことないよ」

底冷えするような縦穴《たてあな》の中でそのささやきだけが確かな熱だった。エレベーターから誰かが降りてきたのか、急ににぎやかな笑い声が扉越しに聞こえてきたけれど、すぐに店の中へと吸い込まれていった。

帰ろう、と一顕が言う。

「抱きたい」


一顕の家のベッドで暖房もつけず裸にされた時、皮膚に走った鳥肌は寒さのせいじゃない。

「半井さん、あのさ」

「ん？」

「俺も思ってるよ。もっと簡単に通えるとこに住みたいって」

「……気遣わなくていいから」

「まじで！」

「一度も聞いたことないし」

「だって」

一顕はすねたようにそっぽを向き「俺だって怖いんだよ」と唇を尖《とが》らせた。

「簡単に出入りできすぎちゃうと、毎日セックスしたくなりそう」

「すれば？」

「何言ってんの、身体きついだろ。今だって平日は翌朝罪悪感があんのに」

「平気だよ」

そりゃ元気いっぱいではないけど、心は満足だし、内勤のデスクワークだし。

「駄目だって。あー、無理させちゃったって思うのに、ちょっとやつれてだるそうなのがまた色っぽかったりして危うく振り出しに戻りそうになる。前はもっと、ずるずるしすぎたらいけないって気ぃ張ってたはずなのに、どんどんはまっちゃって全然駄目だ……」

「俺だってしたいからいいんだってば」

すると、一顕の頭が首と肩の境にぽてんと落ちてくる。

「……怖いよ」

「萩原?」

後ろ頭をぽんぽん撫でると、ぎゅっと抱きしめられた、というかすがりつかれた。

「そうやって許されすぎたら、却《かえ》って不安なんだよ。半井さんは、断ったら俺が傷つくのを心配して、ほんとはその気じゃない時も受け容《い》れてくれてんじゃないかって」

「え、バカ?」

「ひど」

だって、いやいやかどうかなんてやってたら分かるだろ。本当に思いもよらなかったのでついそう口に出し、さっきの一顕も同じ気持ちだったに違いないと気づく。バカだな、そんなこと考えてたの。ひとりで黙って。思い過ごしだって頭で理解していても不安で。

すり、と猫みたいに額《ひたい》が懐《なつ》いてくる。

「半井さんは、俺が誘ったら『しよう』って言ってくれる。『いいよ』だったらちょっと許可出すみたいだから、能動的な返事くれる。俺はそれがすげえ嬉しい。なのに、そこまで大事にしてもらってまだうだうだこだわってんのかって自分が情けなくなる……」

「萩原」

整は軽く一顕の両耳を引っ張った。

「こっち向いて」

「やだ」

「何で」

「恥ずかしいすわ」

「もー……」

指で耳の上を挟み、うすっぺらく複雑なおうとつをさすりながら「ごめんな」と言った。

「知らなかった。俺、萩原のこと分かってるつもりだったけど、今でもそんなに悩んじゃうほど傷ついてたんだよな。萩原、何にも悪くないのに」

指先に、じわりと上がった一顕の体温が伝わってくる。

「好きだよ。大好きだよ。だからセックスしよう」

その言葉につられたわけでもないのだろうが、一顕はゆるゆる顔を上げて整を見た。発情と愛情がきれいに溶け合った目をしている。

「俺、最初の時は『いいよ』って言わなかったっけ?」

「言った。好奇心でも同情でもない普通の感じで、泣きたいぐらい嬉しくてほっとした。あ、いいのかって、それまでの夜がぜんぶチャラになった。あの時、俺がどんだけ救われたか、半井さんにはきっと分かんないよ」

「……そっか」

俺だって、萩原がいてくれたから。それが伝わるように心を込めてキスをした。

手のひらが肌を滑《すべ》る。指先が肌をくすぐる。唇が唇をついばむ。

「んっ……」

そうやって高められていくのに、身体全体にかかる重みと熱がない。

「あ……萩原」

「うん?」

「こ、これ、何か恥ずかしいんだけど!」

仰向《あおむ》けになった整の隣に、一顕がぴったり横向きでくっついている。

「やってることはいつもと変わんないじゃん」

片腕で頭を支えているので触れてくるのは反対の手だけ、もどかしいけれど、そのせいで興奮がマイルドというわけではない。

「そうだけど……っん!」

添い寝みたいな体勢だからか、いつもと違う方向から視線を感じるからか、いたたまれない。硬くなった乳首を指先がぴんぴん弾きながら往復する。

「や」

顔から下肢《かし》まで、一顕の視線が隠すもののない裸体を掃《は》いていくのが分かった。そうか、この視野の広さも恥ずかしい一因だ。

「あっ……！」

ぷくりと膨《ふく》らんで悪いいたずらを誘う尖りを、きゅうとやわらかな皮膚の中に押し込まれて一瞬腰が浮く。するとそこまでひと息に、身体の中心に見えない線を引きながらすっと手が移動する。

「ん、や！」

上からの圧を感じないからどうにもすかすかして、そのぶん性器を包み上下する手の動きや意図があからさまに分かってしまう。つけ根の裏側を指の腹で擦られればくすぐったさと綯《な》い交《ま》ぜの快感がじわじわ昇り、先端の口をむずむずさせる。

「やだ……」

かたちと角度を変えていく中心を隠すものがない。羞恥《しゅうち》に一顕から顔を背《そむ》けるとぴたりと手の動きが止まる。

「あ」

「こっち向いて」

耳をくまなく甘噛みしながら求められたが、半端《はんぱ》に性器を弄《いじ》った手は静止したままで、おそるおそる一顕を窺うとご褒美《ほうび》みたいに施《ほどこ》してくる。

「あっ……さ、いあく」

「顔見たい」

「やっ……」

ぎゅっと目を閉じても一顕の眼差しを感じる。まぶたの裏まで光が届くように、そこにいるのが分かる。

「あ、っん……」

漲《みなぎ》ったカーブを描く側面《そくめん》をいい子いい子するみたいに優しく撫で上げ、かと思えばすぐに切迫《せっぱく》してしまう先端ばかりを手のひらで刺激する。

「ぬるぬるしてきた」

「や、だっ……」

ごくちいさな孔《あな》が、旺盛《おうせい》にはしたなく腺液《せんえき》をこぼすので下腹部から聞こえる音はすぐに粘質《ねんしつ》の響きを帯び、追いたてる手つきはいっそういやらしくなった。

「あぁっ！」

そんなところに入るわけがないのに、半円のしずくをとめどなく浮かせるてっぺんを指先がぐりぐりにじる。整はつま先までぴんと緊張させ、それからたまらず一顕に抱きついた。

「お」

「萩原……」

顎《あご》に鼻先を寄せ、唇を重ねながらたっぷり舌を絡《から》ませて「このまして」と訴える。耳を打つ濡れた戯《たわむ》れの音がどこから出ているのか区別できなくなるほど濃厚に。

「ん――んっ、ん……っ」

一顕は身体の上下で整をもみくちゃにして応《こた》えてくれた。舌にがぶりと嚙みつきながら過敏な色かたちに腫《は》れた先端の露出《ろしゅつ》ばかりを指の輪で激しく扱《しご》く。

「んんっ……！　は、ふ……」

つながった口の中で互いの鼓動が手をつなぎ、絶頂の一瞬、心臓がひとつになったような気がした。一顕は整を抱きしめて短いキスを繰り返し、そのまま九十度横に倒れた。一顕の真上に整が乗る格好になる。

「またがって」

腰の両横に整の膝を誘導し、ベッドサイドの潤滑剤《じゅんかつざい》を手に取る。たっぷり手に受けて、最初は冷感で、しばらく後には違う刺激で整の後ろをふるわせた。

「あ、あっ――ん……」

顔を伏せるとまた、意地悪な指は挿《さ》し込んだところで止まってしまうから、整は、どこでどう感じるのか取《と》り繕《つくろ》えもせず喘《あえ》ぐ顔をさらさなくてはいけなかった。もういやってほど知ってるだろ、バカ。

「や、あぁ！」

ずくずくに感じてしまう箇所《かしょ》を探られ、本能的に腰を揺らすと性器同士が触れる。まだ出していないぶん、一顕のほうが張り詰めて余裕がない。

「……苦しそう」

指が回りきらないけれど、整は苦しそうでかわいい昂《たかぶ》りを一緒くたに手で摩擦《まさつ》した。一顕の呼吸が一気に荒くなり、背後への抜き挿《ぬさ》しも激しさを増す。脈を打ち、直情に反《そ》る裏側同士を密着させると生き物の生々しさもこっけいさもいとおしさもすべてが整の手の中だった。

「萩原、気持ちいい？」

「うん……いっちゃいそう」

「いいよ」

気持ちよくできる身体が、気持ちよくなれる身体が、嬉しい。同じだけの欲望をたたえた目で見つめ合い、その歓《よろこ》びを了解し合う。本当に大事なことは言葉以外のところにある。一顕が何度不安になっても、整はこうして何度も伝えるだろう。

萩原が好き、萩原の身体が好き、萩原とするセックスが好き。

こうしてどんどん膨らんで硬くなって整を欲しがり、勢いよく弾けて整をよごしてくれるものが。

「っ、いく――」

抱えきれなくなった熱が、精液になって飛び出す。その時、一顕は指を引き抜いて両腕で整をぎゅうと抱きしめた。このまま化石になってもいい。

射精の硬直の後は、ゆるゆるとやわらかにくちづけられる。

「よかった？」

「うん、頭ん中ちかちかした」

「エレクトリカルパレード？」

整は笑って尋ねた。

「そう、今夜も」

一顕も笑う。それから「もっとしていい？」と。

「うん、しよう」

二度目に向かっていく一顕の性器を、身体のなかでしゃぶる。まだ復活しきっていないそこがぐんぐん育って内から整を圧迫する感覚は最高によかった。

「あ、や、やっ、ぁ」

指が食い込むほどがっちり腰を捉え、一顕が思いきり突き上げる。そのたび整の背骨の中で性感が噴き上がる。

「あ、だめ、ああ……っ」

かと思えば挿入しきった位置で小刻みに内部を探りながら、つながった境目をもっと呑み込めとばかりに指で拡《ひろ》げ、接合部をにちにち愛撫した。微妙に角度が変わるたび、たっぷりのローションがじわっと潤《うる》み出し、ひらききった口がむずかるようにひくつく。

「すげえな」

一顕がうっとりつぶやく。

「奥からきゅうきゅう絞《しぼ》ってくんの……すぐいっちゃったらもったいないから加減して」

「あ、むりっ、や――動くな」

「じゃー、ちょっとだけ休憩」

ちょうだい、と向けられた手のひらに整は自分の手を重ね、指を握り合う。勝手にうねって刺激を欲しがる肉体の貪欲《どんよく》はそれでも止められないのだけれど。

手をつなぎ、ほかの誰ともできないやり方で身体をつなぎ、本当にもうこれ以外望むものがないと思った。繁殖《はんしょく》も契約もないセックスで満たされている。

「半井さん、さっき『どうすんの』って言ったよね」

「うん」

「初めてした時も言ってた」

――どうすんの、俺たち、こんなになっちゃって、どうすんの……。

こんな今を想像もしなかったから。

「あん時、俺、何も答えられなかったけど」

「俺も、どんな答えもらっても『無理』って否定したと思う」

これっきり忘れようと言われても、お互いひとりになってちゃんとつき合おうと言われても。

「今なら何て言ってくれんの？」

整の問いに、一顕はきゅっと指に力を込めて答えた。

「どうもしない――どうもしないよ、一緒にいる」

「……うん」

「こっちおいで」

誘われるまま上体を倒し、自分で腰を揺らして一顕を啜《すす》った。

「あっ……あ、あ、いい……っ」

抱き合ってくちづけ、鎖骨《さこつ》に噛みつき、一顕の胸元にいくつもうっ血《けつ》の跡をつけた。何度もセックスしたから動くタイミングが分かるし、一顕がどんなふうに弱い部分を責めてくれるのかも知っている。それでも快楽はいつも真新しく、自分たちはいつも欲張りで真剣だった。

終わる時はどうしたって呆気ないから、肌で交わる楽しみを骨まで残らず味わい尽くせるように。

「あっ、あぁ、も、ああ……っ！」

「ん、っく——」

一滴残さず一顕が出してしまうまで、整の内腑《ないふ》は名残惜しげな収縮を続けた。


また、鳥が鳴いている。うちの周りにいるやつとおんなじ声、とぼんやり思った。カーテンの隙間から射す真っ白な光に寝顔の上を横切られても一顕はよく眠っている。

テレビのリモコンを取り、電源を入れると聞こえるぎりぎりまで音量を絞る。天気予報は、きょう一日の晴天を伝えていた。

——気温はこのように上がらないんですが、夜まで雲ひとつないお天気です。まだ二月、寒い日が続きますね。でも外に出ると陽射しが明るいなあって思われる方、多いんじゃないでしょうか？　二月は「光の春」とも呼ばれてるんですね。凍《こご》えるような日もあるけれど、光の強さはもう春を告げている……何だか希望がわいてきませんか？　最近は外を歩いていても鳥のさえずりがよく聞こえます。春は動物の求愛シーズンでもありますが、実は鳥が鳴いてつがいを求めるというサイクルも、目から入ってくる日光がホルモンを刺激するからなんです。人間は春一番を目安にしますが、動物たちには、光が春のしるしなんですね……。


「おはよう」

背後から一顗の声がした。

「ごめん、うるさかった？」

「んーん」

まだ寝起きの鼻にかかった声なのに、腕だけは力強く整を抱き寄せる。

「鳥は明るいとやりたくなるっていうのだけ聞こえた」

「だいぶ改ざんされてるよ」

「そう？」

ふとんの中にふたりして潜る。光は届かない。でもちゃんとそこにあるのを知ってる。

いつだって。

「恋をする／恋をした」が好きです、

というお声をちょこちょこいただいていたので、続き（のようなもの）を。

一顕の目から見た半井さんは妙に魔性感がありますが、

本人は「そんなわけないだろ」と自覚なさそう。

by Michi Ichiho

[mellowrain]
Koiwoshita/koiwoshiteiru
恋をした／
恋をしている

春の夜はまだまだ風がつめたいのに、改札の向こうで整《せい》は、長袖《ながそで》のカットソーにさほど厚手でもないニットのカーディガンを羽織って立っていた。本人は特に寒そうでもなく、きっと、ちょっとの間だし、寒けりゃ寒いでいいや、とか適当に考えている。でも、ああ寒そう、何とかしてやりたい、とはらはらさせる、妙に無防備な儚《はかな》さを漂わせて見えるのは、一顕《かずあき》の欲目ばかりじゃないと思う。

「おかえり」

「わざわざ、迎えに来てくれたんすか?」

「うん」

ほかの乗客の手前、さりげないふりで肩に触れるとすっかり冷えきっていて驚いた。電車に乗る直前で、到着予定時刻も合わせてメールしたので、見計らって家を出ていたのならこんなにつめたくなっていないはずだ。

「いつからいたんすか」

「二十分ぐらい前」

「何で」

「いいじゃん」

「いやよくないし」

整は、一顕の肩口をそっとつまむ。いつの間にか、桜の花びらが一枚くっついていた。

「やっとかえってきた」

整がつぶやく。

「ごめん」

自分に非はないはずだが、思わず謝ると整は「違うよ」と笑った。ちっとも腑《ふ》に落ちていないのに、その笑顔だけは一顕の腑よりもっと内側へ落ちていく。いや、落ちているのは一顕自身か。ほとんど歯を見せず、耳打ちの内緒話みたいにひそやかで、誰もが、自分が秘密の特別だと勘違いしてしまいそうな笑顔に。

何かこの人、ほっとくと危険な気がする。意味合いはだいぶ変わったが、整に抱く印象は今もそんな感じだった。「帰ろう」と言うと、黙って軽く二の腕に触れてから頷く仕草で男も女も持ち帰れそうだ。もっとも、整自身は至って間口の狭いタイプだけれど。

「三次会、なかった？」

「あったけど、行きたいやつだけ適当に流れてった。店の手配もしてない」

「ほんとは無理して帰ってきたんじゃなくて？」

確かに誘われはしたが、くたびれたし、若干《じゃっかん》気まずい相手もいたし、お役目は無事に果たしたんだからもういいだろうと、半《なか》ば振り切って帰ってきた。

「いいんだ」

一顕は言った。

「俺が帰りたいと思ったんだから、多少無理しても」

「……うん」

がらんとした（昼間でも盛況《せいきょう》とはいかない）アーケードの下を並んで歩く。シャッターはほとんど下りているが、等間隔《とうかんかく》に街灯があるのでそれなりには明るい。大きなトンネルをくぐるうち、それぞれの時間がふたりの時間に収束していくのを感じる。不在から存在へ、空気が変わる。

「俺、この道好き」

「そう？」

「半井《なからい》さんちに行く時だけ。帰りは嫌い」

「それ、好きって言わない」

率直さがおかしかったのか、整はまたちょっと笑う。横顔に軽く見とれてしまい立ち止まった途端「なに？」と眼差しに捕まる。キスをしたくて、我慢する。別に、ものすごく好みの造りというわけじゃない。整っているけれど憂《うれ》いがちな面差し。瞳を隠して下向く長いまつげ、鼻梁《びりょう》も唇も、石膏《せっこう》を入念に研《と》いだようになめらかにうすい。一顕は元々、もっと明るい印象の顔が好きだった。でも、一度惹かれてしまえば、そしてそれを意識してしまえば、何気ない言葉や動作、肌のニュアンス、様々な陰影が整の上にどんどんレイヤーをつくり、時間を積み重ねるほど、逆に見飽きることはなく、どんどん外見も中身も好きになっていく。きっとこれからも。

昔、と一顕は言った。

「慣れたら、俺が半井さんち出て行く時、寂しがってくれなくなるとか、そんな話してたなあって思い出しました」

　あれは整が、離れがたさで駅まで見送りにきてくれた夜の会話だ。

「ああ、まだ保《も》ってんな」

「まだって」

「ていうか、そんなに昔でもない」

「うん、半年とちょっと……ていうか、『維持《いじ》』じゃなくて」

「ん？」

「割と急勾配《きゅうこうばい》の右肩上がり」

　俺はね、とつけ足してから急に恥ずかしくなり、わざと「恥ずかし」とふざけて自己申告してごまかした。自分にちっとも気がない相手を一生懸命口説《くど》いている気分になったのだ。空回ってはいない、はずだけど。整は笑いも照れもせず、むしろすこし怒ったように「萩原《はぎわら》はずるいよ」と口を尖らせた。まだ営業している中華料理屋の、看板のネオン球がその唇の先で光っていて、まるで整が息を吹きかけて明かりを灯《とも》したみたいだと思う。

「何が」

「そういうこと言うとこ」

「何で」

　別にうっとりしてほしいわけでもなかったが、整は本気で悔しそうだった。

「ずるいだろ、言えちゃうのが」

「え、ひょっとしてすぐこういうこと言うって思ってる？　足立《あだち》じゃあるまいし」

割と堅実なつもりなんだけど、と心外で問いかけると、「思ってない」とそっけなく返ってきた。

「萩原が、誰にでも言わないのなんか知ってる」

「そう？」

「それより寒いよ」

今、急に気温を意識したらしい。

「そんな薄着だからっすよ」

「俺の勝手」

「はあ」

不機嫌、とも言いきれないが、整の現在の心境をどう解釈すればいいのだろう。もっと時間が経《た》てば、手に取るように分かるのだろうか。それもちょっとつまんないかも、と考える一顕にはまだ余裕がある。整の家に着くと、荷物も置かず玄関先で抱きしめた。整は一瞬驚いてぎこちなく身じろいだ後、力を抜いて抱擁《ほうよう》に委《ゆだ》ねる。

「これで寒くない？」

陽の射さない引き出しの中にしまい込まれた貝殻《かいがら》みたいにひんやりした耳にささやきかける。

「まだ寒い」

単に甘えているだけなのか、もっと密な接触を求めているのか。何にしてもここじゃあな、と一顕は腕を緩《ゆる》めて「上がっていい？」とお伺いを立てる。

「今訊く？」

「一応。『どうぞ』って言って」

「何で」

「俺が嬉しい」

「どーぞ」

呆れ混じりの笑いを含んだまま唇に軽くキスされた。

「これ、きょうのプチギフト」

紙袋からちいさな包みを取り出して手渡す。

「金平糖《こんぺいとう》？」

球体に、ちいさな粒々をまとった菓子を見て整が尋ねた。ピンクと白が八対二くらいの割合で、表側には白鳥のシールが貼ってある。分子構造の立体モデル、あるいは漫画的にかわいく表現される風邪や虫歯の菌《きん》に似ていた。

「俺も最初はそう思ったけど、違うんだって。裏のシールに『浮《う》き星《ほし》』って書いてあるでしょ」

「うん」

「あられを砂糖でコーティングした、新潟のお菓子らしい。新郎《しんろう》の出身地だから」

「このまま食べていいやつ?」

「それでもいいけど、お湯とかお茶注《そそ》いだり、ヨーグルトに混ぜてもいいって聞いた」

「へえ」

じゃあ、暖《だん》を取りがてら試してみよう、と整は電気ケトルで湯を沸かした。

「お茶っ葉ないから、これだけでいい?」

「うん」

マグカップに湯を注ぐと、ケトルの口からむわっと湯気がなだれる。そこに、一顆がささやかに不穏な角をくっつけたちいさな球をぽとぽと落とす。

「こんくらい?」

「どうだろ。いんじゃね」

ピンクや白の菓子が、熱湯の中で躍《おど》り、表面にぷかぷか漂った。ああ、それで、と整がつぶやく。

「浮き星、か」

「ネーミングって大事ですよね。うちの製品見てても思う」

ほの甘い、いちごの香料も温められてにおい立つ。あち、とふたりして湯気を吹きながらカップに口をつけ、慎重に啜《すす》る。同時に、ほうっと息が洩れた。

「……まあまあ、じゃないすか?」

「うん。めちゃくちゃおいしくはないのが、却って落ち着く。こういう味のものなんだなって、納得」

湯に、うっすら甘みと香りがついただけで、途端に「飲みもの」として認識される。表面の砂糖が溶け出したあられの本体を噛むとふやけた中にも米の歯触りと粘《ねば》りがある。

「お茶漬け海苔《のり》の菓子バージョンって感じ？」

「そっすね」

並んでベッドにもたれ、何となく、斜め上の鴨居《かもい》を見上げてしゃべる。

「楽しかった？」

「んー……進行とかタイムテーブル気にしっぱなしなんで、全然余裕なかったけど、新郎新婦は楽しそうだったし、めしもうまかったんで及第点《きゅうだいてん》かな」

「また、目線が仕事モード」

「仕事と思わないと、って時はありますよ。やってあげてるのに、とか不満持ち出すとどんどんいやになるから、引き受けたからにはもう仕事だって自分に言い聞かせるとさくさく処理できる」

「萩原は器用だよな」

整が妙にしみじみ感心する。

「え、そんなことないけど」

「あるよ」

あるとしても、自分の小賢《こざか》しい器用さより、整の、どこか泰然《たいぜん》とした不器用さのほうがはるかに魅力的だと思う。整は飲みかけのカップをローテーブルに置いて、不意にじっと一顕を見つめる。ほら、こんなふうに眼差しの出力を手加減しない無造作なところとか。

「どうしたんすか」

「言わなきゃいけないことがあって」

「え」

「謝らなきゃって思ってた」

そんなに思い詰めた顔つきじゃないのが却《かえ》って悪いふうに胸をかき立てられ、一顕はつい「やだ」と拒否ってしまった。

「聞きたくない」

「何で」

「絶対いい話じゃないっしょ」

「たとえば？」

「え……分かんないけど」

この空気で別れ話はない、それは確かで、じゃあ何だろと考えても回答例は思い浮かばなかった。

「予想もつかないくせに、やだとか言ってんの？」

「だって半井さんだもん」

「どういう意味……じゃあもう言わない」

「え、待って」

カーディガンの肩を摑んでしまう。

「どっちだよ」

「だって気にはなるし」

そんな、ハードル上げて身構えられても困るんだけど、と前置きして、整は言った。

「携帯、結局見てた」

「へ？」

俺が見ていいっつって、半井さんは別にどうでもよさげだった、むしろ見たくなさそうだった、あの件？

「ふーん……それで？」

「それだけ」

「何だ」

安堵と拍子《ひょうし》抜《ぬ》けが、口から長いため息になって出て行く。かすかないちごフレーバーつき。

「見ていいって言ったでしょ、俺」

「そんで、見てないふりしてこっそり覗いてたんだから、駄目だろ。ごめん」

「そう？　全然いいけど」

すこしぬるくなったカップの中身をぐいっと飲み干し、一顕もテーブルに置くと「どうでした？」

と尋ねる。

「何か怪しげなもん、ありました？」

何だかんだで気にしてくれてたんだ、とすこし気分よくして問いかけたのに、整はしっかりかぶりを振りつつ「けど」と言う。どっちだよ。

「あの犬の子、萩原のこと好きだったよな？　そんで、萩原も気づいてたよな？」

犬、というのが、一緒に幹事をした女の子のＬＩＮＥのアイコンだと察するのに数秒かかった。あんなにしょっちゅうやり取りしていたのに、特別な関心がないとはいえ薄情な話だ。

「うん」

整が確信を持って言うので、ごまかしたりとぼけたりはしなかった。

「でも、全然何にもないすよ、心身ともに」

その表現がツボに入ったのか、整は心身ともに、と意味なく復唱《ふくしょう》する。

「分かってるよ」

「ていうか、すんごいやりづらかった」

打ち明けるつもりはなかったのだが、なぜかすっかり見通されているらしいのを幸い、一顕は誰にも言えなかった愚痴《ぐち》をこぼす。

「やっぱ緊張するし、もの頼む時も、足下《あしもと》見るっていうか、つけ込む構図になってないかってちゅうちょするし、でも逆に俺が動きすぎても誤解させちゃうかもしんないし……いや別に、迷惑とか不快とかでは、絶対に、ないんですけど、」

「分かった分かった」

矢継《やつ》ぎ早《ばや》にしゃべる口を、整がいたずらっぽく手のひらでふさぐ。

「萩原の苦労と困惑は伝わってきた」

「そう、心労が」

特別に優しくしたつもりも、気のあるそぶりを見せた覚えもないのに——とは思わない。そんなの、恋に落ちない理由にはならない。逆に、恋に落ちる動機は何だっていい。もっと言うと、あってもなくても。好きになっちゃったものは仕方ない。応《こた》えてやれなくても、その気持ちなら一顗にはよく分かる。

何だ、と軽く拗《す》ねて整の手をどけた。

「半井さんが知ってたんなら、早く言っときゃよかった。もうちょっと気楽にやれたのに……つーか教えてくださいよ」

「んー、そうだなー」

整は曖昧《あいまい》に首を傾《かし》げ、一顗の手をきゅっと握る。あからさまにはぐらかされているのに、かわいい。どうしてこんなに好きなんだろう？ 一顗は整の手をより強く握り返して「俺、はらはらさせた？」と尋ねた。させてたら悪いなとも、ちょっとだけしててほしいなとも思いながら。整のことを考えると、一顗は、時々自分が原始の生き物みたいに分裂する気がした。まったく同じ組成《そせい》で、どちらも確かに一顕なのに、それぞれが相反する感情を内包《ないほう》して、ゼリーみたいに絶えず動いている。

「どきどきした」

整が答えた。

「それは、どういう意味で？」

どきどき。悪い意味でも使う表現だが、整は嫉妬や心配を表しているのではなさそうだった。

「秘密」

「えー」

笑みのかたちにひらきかけて静止した唇が、誘っていると思った。くちづけるとやわらかく応えられ、一顕は自分が間違っていなかったと知る。そのまま、互いに顔の向きを変えながら口唇《こうしん》をついばみ合っていた時、不意にあることを思い出して、整から離れる。そして「どしたの」と問われるより早く下唇に指を伸ばし、軽くめくって裏側を見た。

「え、なに」

さすがに整も面食らったのか、すばやく一顕の指を払う。

「びっくりするだろ、急に……」

「ここって、見たことなかったなと思って」

「は？」

今夜の二次会の最中、女子陣のテーブルから聞こえる会話を、耳が気まぐれに拾った。

——チークの色をね、迷ってんの。フューシャピンクかコーラルか。カウンターで試しても、今いち違いが分かんない。

——チーク、なにげ難しいよね。

違いが分からないならどっちでもいいんじゃゃ、と一顕は思うが、四人のグループから「あるある」と口々の声が上がる。化粧って奥深いな。

——粘膜《ねんまく》の色と合わせるといいらしいよ。だから、下唇の裏っかわ、見て。

そんな意見が出ると、皆、それぞれの唇をくりんと裏返して披露《ひろう》し始めた。そして、オレンジ系じゃない？とか、ピンクだね、とか、花の品評《ひんぴょう》でもするようにさえずる。一顕は、ささやかな驚きと感心をもって、あくまで控えめにその光景を眺めていたつもりだったのだが、「ちょっと」と冗談の口ぶりで咎《とが》められた。

——変顔してるとこ見られたら困るんだけど？

知らない女だった。おそらく新婦の友人で、口紅もチークも赤系なので、唇の内側もそんな色合いなのかもしれない。すいません、と一顕は素直に謝る。

——すごいなと思って。

——何が？

——女子の化粧はすべて秘訣がありそうなところ。何か、女の子のすることって、何もかもに理由がありそう。

——男の子は違うの？

——ない時もある、と思う。

——ふうん。

よく見ると、別れた前の恋人に似ていた。でも、メイクの仕方が似通《にかよ》っているだけかもしれない。同じタレントを参考にしているとか。危ないなー、と赤い唇でにっと笑う。

——危ないって？

——そーゆー、童貞くさいことさらっと言えちゃう男はやばいよね。

ちょっと何言ってんの、ごめんなさいこの子酔ってて、とたちまち周りからたしなめられ、一顚もビンゴの準備にかからなくてはならなかったので、半端《はんぱ》な会釈《えしゃく》でその場を後にした。

そして今、初めて見た整の唇の裏は、濡れて表面よりつやめき、かすかに青ざめてもいた。糸くずみたいな毛細血管がちりばめられている。青系のチークって、どうなんだろ。

「こんなとこ見てどうすんの」

「いや、ちょっとわけ分かんないこと言われたのが記憶に残って」

二次会でのやり取りを説明すると、整は「何で分かんないんだよ」と呆れ顔で言った。

「萩原がナンパされたって話だろ？」

「ええ?」

ないよ、と断言する。

「童貞くさいなんて、褒《ほ》め言葉じゃねーし、てかむしろセクハラでしょ、俺が女に『処女くさい』とか言ったら大問題」

「でも、こうやって印象に残ってる」

「そりゃあ……」

「じゃあアプローチとしては正解。お前、もてる割にへんに鈍《にぶ》いから。こっそり好かれてたら感づくけど、ひねくれた表現されると伝わんないんだよな」

「別にもてはしませんけど……うん、そうかも。気に入ったんなら気に入ったって、率直に言われないと分かんない」

「だろ」

「え、ひょっとして俺、頭悪い?」

「そうじゃないって」

整が両手で一顚の頬を挟んだ。

「萩原が、人に対して誠実でまっすぐなアプローチするからだよ」

そうかな、と思う。でも、口にするより先にふさがれた。夕暮れの終わり、あるいは朝焼けの始まりのようにかすかな青みを帯《お》びた唇の裏側を舌先で探る。やわらかな弾力に満ちたそこがどんな色かを思い描けると、知る前より興奮する。お行儀のいい歯列《しれつ》をなぞる。口内《こうない》をまさぐったぶんだけ整も同じようにして、耳の中から外から湿った音が立つけれど、ふたりきりだから気にする必要はない。かすかにざらついた舌の表面をこすり合わせて唾液《だえき》を温めると、いちごの残り香《が》が強くなった気がする。甘い。

こうして口で愛し合っていると、手足をなくして、身体全体、巨大なぐにゃぐにゃの軟体《なんたい》と化して整ともつれている錯覚を覚えるのが好きだった。ふたりで取り返しがつかなくなるのは幸福だ。でも整の手は確かに存在し、一顆の頭をしっかり抱えていつもよりかっちり固めた髪の毛をぐしゃぐしゃとかき回す。砂の城を破壊する子どもじみた乱暴な手つきに触発《しょくはつ》され、一顆も、薄着の裾《すそ》から手を忍ばせて上半身をあちこち撫でた。その間にも、泳ぐようなキス。息継ぎのタイミングを打ち合わせなくてもぴったり同時にできる。感情が高まると脳の酸素を消費するのか、つねに新しい供給が必要だった。唇の交歓の狭間《はざま》に花の種でも混ぜておいたら発芽《はつが》するかもしれない。光はないが濃密な水と二酸化炭素がある。

「んっ……」

乳首を探り当てると、くちづけのリズムがわずかに乱れた。一顆の口蓋《こうがい》をさすっていた舌が一瞬縮んですくむ。けれど構わず、指先に捕らえたしこりを弄《もてあそ》ぶ。きつく挟んだり、きゅうっと絞《しぼ》ったりして熱心に性感を促《うなが》した。

「ん――んん……っ」

整の喉奥から悩ましい吐息が発せられ、一顕の口腔《こうこう》をくすぐる。両手で胸や脇腹をいじりながら、なおも深い口接《こうせつ》を繰り返した。髪の毛をいいだけ乱した整の両手はいつしか一顕の肩にすがりついていた。間近にありすぎる瞳が欲情に濡れて光っていたが、あるいはそれは、一顕の瞳をそっくり映しただけかもしれない。舌がだるくなるほどのキスから互いを解放した時、それは終わりじゃなく次のことの始まりだった。すぐ側《そば》のベッドに移り、一秒でもロスしたらこの熱が冷めてしまうような性急さで——そんなわけはないのに——それぞれが服を脱ぐ。裸体を重ねると心拍《しんぱく》はふしぎなほどシンクロしていて、そのことにまた熱くなる。

手探りで、いやらしいさまに腫《は》れ、尖らされた乳首が、今度は視覚で欲望を煽《あお》る。

「あ……！」

舌先で触れると感電したように整の胸が跳ねた。ちいさく張り詰めた突起は口唇で愛撫されると、血を透《す》かしたほど鮮《あざ》やかに色づく。

「あ、っ、あ……んっ」

密着しているから、ふたりともの性器がすでに興奮しているのも生々しく伝わってくる。腰を、あられもない性交の動きですりつけると整は脚をひらいて受け容《い》れてくれる。肉欲を否定されないということの途方もない安堵は、交わるたびに濃く上塗りされていく。

「半井さん、ローション取って」

「ん」

手渡されたボトルから粘液《ねんえき》を手に受けると、組み敷いた身体のいちばん奥へとそのまま伸ばす。

「あぁ、やっ……」

後ろを潤《うる》ませながら、もう片手では整の昂ぶりを包み、下肢《かし》の発情を加速させていった。入念な準備を必要とするセックスを、そのもどかしさを、疎《うと》んじたことは一度もない。すこしずつ、セックスのためにやわらかくほどけていく整がいとしい。

「や、ああ……っ！」

気を逸《そ》らすための性器への愛撫は、やがて指が挿《さ》し込まれたところを収縮させ、貪欲《どんよく》にさせるための燃料になる。潤滑剤《じゅんかつざい》だけでは足りない、身体の奥底からの疼《うず》きでひらいていくように。

「あ、やだ！」

整の両膝を折り、ぐっと屈み込んで下腹部に頭を近づけると、ローションを吸って指をくわえた交《こう》合《ごう》の器官を、くっと左右に拡《ひろ》げた。ここも、粘膜。唇の裏とはまた違うなまめかしい血色でぬめらかな光沢《こうたく》を帯《お》び、視線をいとうようにひくんとふるえた。それはとても卑猥《ひわい》な眺めで、一顕をいっそう興奮させる。

「ばか、やめろ」

電気を消していなかったから、整の後ろの口も、すみずみまで真っ赤な耳も、よく見えた。謝る必要はないと思ったので「好きだよ」と言うと「さいあく」と返ってきた。

「何で」

「うるさいよ、ばか――っん……あっ」

目で見えない場所まで指で暴《あば》き立ててから、赤い粘膜に、漲《みなぎ》った性器を押し当てる。

「ああっ……‼」

いやがったのに、いやがったから、発情してとろけていたそこは、ローションに仲立ちされてすべらかに異物を呑み込んだ。整をどこかに突き落としているような、自分が落とされているような、先が見えなくなる快感。夢の中で足を踏み外して落っこちていく時の、細く狭い場所に吸い込まれていく目眩《めまい》。

「あっ……ああ、あっ、や……」

整の声と、背中に回る腕が一顕を現実に繋ぎ止めてくれる。ぐっと腰を打ちつけ、根元まで挿入しても整が痛がらないのをじゅうぶんに確かめてから、動き出す。

「あ――あ、あぁ……萩原……っ」

つま先が、腰骨に触れる。律動を促して急《せ》かす。だから、求められるままのリズムと強弱で刻んでやると、整の瞳はみるみる焦点を甘くし、涙と一緒にとろりと流れ出しそうに見える。つい心配になって上体を倒し、覗き込む。まつげの向こうの目。整がきれいに笑う。そして背すじの溝にするりと指先をすべらせ、一顕をぞくぞくっとさせた。

「うっ……駄目だよ、急にしたら……いっちゃうから」

「さっきのお返し」

今度は、一顕が好きなふうに前後すると、整は腰と背中の境を手のひらで撫でて「気持ちいい」とうっとりつぶやいた。

「萩原、じょうず……」

「……半井さんだってずるいよ、そういうとこ」

達するために、衝動のまま突き上げた。目の前に、まなうらに、幻の星が明滅《めいめつ》する。それらはきっと汗の味。雨の味。恋人の味。

「あっ、あ、あ――」

「半井さん……」

「はぎわら」

ちかちか激しくまたたいていた白い光がやがて視界も脳裏《のうり》も占めてしまう。その後は、すべてが反転して闇になる。静かなあたたかい闇の中に、星は沈む。


「起きたら、花見行く?」

明かりを消した部屋の中で、整が尋ねる。

「半井さんが元気だったら……ん、でも、雨降るって言ってたような」

「何で」

「ほどよく散ってくれそう」

「ほどよくって。せっかく今が見頃なのに？」

「いいんだよ。あ、でもせっかく解放されたし、のんびりしたいよな」

まだ心も身体も知らなかった頃、一緒に歩いた公園にまた行くかもしれない。結局どこにも行かず、ベッドでだらだらして過ごすかもしれない。整とだから、どちらでもいい。

あれから一顕は、整に恋をして、今もしている。

When it rains, it pours

MICHI ICHIHO

When it rains, it pours

【初出一覧】

アフターレイン：フルール文庫「ふったらどしゃぶり When it rains, it pours」
刊行記念サイン会おみやげ小冊子（2013年）

秋雨前線：同人誌「秋雨前線」（2013年）

ハートがかえらない：同人誌「ハートがかえらない」（2013年）

LIFE GOES ON：同人誌「LIFE GOES ON」（2014年）

恋をする／恋をした：同人誌「恋をする／恋をした」（2015年）

その他掌篇：各話文末に記載

泡と光：同人誌「泡と光」（2014年）

ひかりのにおい：同人誌「ひかりのにおい」（2015年）

ひかりのはる：同人誌「ひかりのはる」（2016年）

恋をした／恋をしている：書き下ろし

*この作品は小社発行のディアプラス文庫「ふったらどしゃぶり When it rains, it pours完全版」（2018年）の番外続篇です。

一穂ミチ〈いちほ・みち〉

1月生まれ。山羊座・A型。小説家。

主な作品に「雪よ林檎の香のごとく」「イエスかノーか半分か」(新書館)、

「is in you」を始めとする新聞社シリーズ(幻冬舎コミックス)がある。

竹美家らら〈たけみや・らら〉

漫画家・イラストレーター。

主なイラスト作品に「雪よ林檎の香のごとく」「イエスかノーか半分か」

「ふったらどしゃぶり When it rains, it pours」(すべて一穂ミチ著／新書館)がある。


この本を読んでのご意見、ご感想などをお寄せください。

一穂ミチ先生・竹美家らら先生へのはげましのおたよりもお待ちしております。

〒113-0024　東京都文京区西片 2-19-18　新書館
【編集部へのご意見・ご感想】小説ディアプラス編集部
【先生方へのおたより】小説ディアプラス編集部気付　○○先生

メロウレイン ふったらどしゃぶり

初版発行：2018年11月10日

著者：一穂ミチ

発行所：株式会社新書館
［編集］〒113-0024　東京都文京区西片 2-19-18　電話 (03) 3811-2631
［営業］〒174-0043　東京都板橋区坂下 1-22-14　電話 (03) 5970-3840
［URL］https://www.shinshokan.co.jp/

印刷・製本：株式会社 光邦

ISBN978-4-403-22124-8